KB158607

2146,
529

2146, 529

아무도 기억하지 않는,
노동자의 죽음

기획 / 노동건강연대
정리 / 이현

책머리에

보이지 않는 것이 드러날 때
단단해 보이는 것들이 허물어질 것입니다

보이지 않는 것에 진실이 있습니다. 말해지지 않는 것을 들으려 하고 감추어진 것을 드러내 보일 때 비로소 진실은 '사건'으로 드러납니다. 세상의 어떤 문제라도 그것을 해결하려면 먼저 그것이 문제라는 것을 인식해야 합니다. 하지만 정작 중요하고 심각한 문제들은 그것을 문제로 인식하게 어렵게 만드는 조건들이 있습니다. 무관심 이전에 무관심하게 만드는 요인이 있습니다.

한국에서 노동자 산재사망은 그러한 문제 중 하나입니다. 매일 5, 6명의 노동자들이 아침에 출근했다 저녁에 집에 돌아오지 못합니다. 이 짧은 문장에 충격, 슬픔, 분노 등을 느끼는 분도 계시겠지만 그렇지 않은 분도 많습니다. 이 책을 읽는 분 다수는 위 사실에 마음이 움직인 분들이겠지요. 하지만 그렇지 않은 분들도 많기 때문에 현실은 잘 바뀌지 않습니다.

저희 단체(노동건강연대)는 2002년부터 "산재사망은 기업의 살인이다"라는 슬로건을 가지고 이 문제를 해결하려 노력해왔습니다. 그 과정은 우리 사회가 이 문제를 사회 문제로 인식하도록 만드는 과정에 다름 아니었습니다.

처음에는 '사실을 드러내기' 위해 노력했습니다. 저희가 처음 이 운동을 시작할 때만 해도 노동자 산재사망이 언론 보도의 형태로든 다른 형태로든 '가시화'되는 경우는 극히 적었습니다. 많은 분들이 가족을 잃은 고통으로 애통해했지만 그 슬픔은 변방의 작은 소음에 불과했습니다. 한 개인의 슬픔이고 운명일 뿐이었습니다. 우리는 이것이 개인의 문제가 아니고 사회의 문제라고 생각했기에 함께 들여다보고 함께 슬퍼하자고 제안했습니다. 교통사고 사망처럼 국가기관이 매일의 산재사망 노동자 수를 공표하라고 요구한 것이 초기의 요구였습니다. 일단 알아야 슬퍼할 수도 있기 때문이죠. 노동자가 사망한 기업 앞에 가서 "이 기업은 노동자를 죽인 기업입니다"라는 문구가 쓰인 선전판을 들고 서 있기도 했습니다. 알음알음 아는 기자들에게 노동자 산재사망에 대한 기사를 많이 써달라고 요청도 드렸습니다.

이러한 활동을 하면서 알게 되었습니다. 이런 방식으로는 사실을 드러내는 것조차 어렵다는 것을요. 정부가, 언론이 이러한 비극에 눈을 감는 이유가 있었습니다. 한국에서 노동자 산재사망은 사회가 관심을 가질 사안이 아니었습니다. 그것은 요즘 유행하는 용어를 빌려 쓰자면 '프레임'의 문제였습니다. 한국에서 노동자 산재사망을 다루는 지배적

프레임은 산재사망을 노동자 개인의 부주의와 불운, 기업 활동 과정에서 어쩔 수 없이 발생하는 부수적 피해로 봅니다. "노동자의 잘못이다" "안타깝지만 어쩔 수 없다"라는 표현으로 대표되는 이 프레임 내에서 산재사망 문제는 사회적 문제가 되기보다는 기술적이고 전문적인 안전 문제, 기업과 유족간 손해배상 문제로 취급됩니다. 이 프레임 내에서 산재사망은 사회가 관심을 가질 사안이 아닌 것이지요.

노동건강연대는 그 프레임을 바꿔내기 위해 2003년부터 '기업살인법' 제정 운동을 고민하고 실행하기 시작했습니다. '기업살인법'은 중대재해 처벌 등에 관한 법률(이하 중대재해처벌법)의 초기 이름입니다. 법 제정 운동을 통해 "산재사망은 (개인의 부주의와 불운, 기업 활동 과정에서 어쩔 수 없이 발생하는 부수적 피해가 아닌) 기업의 살인이다"라는 슬로건을 내세워, 산재사망 문제를 '사고'나 '재해' 프레임에서 '살인' 프레임으로 전환하고자 한 것입니다.

이 운동은 시작 초기부터 많은 이들의 관심과 지지를 받았습니다. 그러한 지지를 바탕으로 노동조합, 단체, 노동언론이 중심이 되어 "산재사망 대책마련을 위한 공동캠페인단'을 결성했습니다. 2006년부터는 매년 '최악의 살인기업 선정식'을 진행하며 관련 사업을 본격화했습니다. 이후 정치적 상황과 주체적 조건에 따라 부침이 있었지만, 운동은 꾸준히 이어져 2021년 1월 26일 중대재해처벌법이 제정되었고 2022년 1월 27일 법이 시행되었습니다.

하지만 중대재해처벌법이 시행된다고 해서 이 문제가 단번에 해결될 수 있을까요? 이 질문에 답변하기 위해서는 다시 처음으로 돌아가야 합니다.

앞서 말했듯, 세상의 어떤 문제라도 그것을 해결하려면 먼저 그것이 문제라는 것을 인식해야 하지만, 정작 중요하고 심각한 문제들은 그것을 문제로 인식하게 어렵게 만드는 조건들이 있습니다. 우리는 산재사망 문제를 사회 문제로 인식하도록 하기 위한 방법론적 장치로 '사회적 살인' 프레임을 제시하고 이를 토대로 한 이야기, 서사를 만들어왔습니다. 하지만 프레임과 서사는 진실 그 자체는 아닙니다. 진실의 일면을 드러내주는 장치이자 액자에 불과합니다. 우리는 다른 여러 액자를 통해 이 문제를 보다 총체적으로 들여다보아야 합니다. 노동자 산재사망의 총체적 구조를 파악해야 그 해결에 다가갈 수 있습니다.

이를 위해서 다시 '드러내기'가 중요합니다. 이제는 프레임에 갇힌 일면적 진실이 아니라, 보다 날 것 그대로의 현상, 경험, 인식, 구조, 인과관계, 메커니즘의 드러냄이 필요합니다.

노동건강연대는 매월 지난달 '가시화'된 산재사망을 최대한 모아 '이달의 기업살인' 연재 기사를 발표하고 있습니다. 거의 대부분 단신 처리된 스트레이트성 기사를 통해 수

집된 정보라 정보의 양은 많지 않습니다. 단편적이고 파편적인 사실들의 조각에 가깝습니다. 상황은 많이 나아졌지만 모든 산재사망이 언론 등을 통해 가시화되는 것은 아니기에 산재사망 전체를 다 포괄하지도 못합니다. 그럼에도 불구하고 이와 같은 작업을 지속하는 것은 이러한 조각과 파편으로 '조각보'를 만들고 '퍼즐'을 맞춰주실 분들이 있을 것이라 믿기 때문입니다. 이를 통해 세상이 바뀔 수 있다고 생각하기 때문입니다.

실제 저희 작업을 바탕으로 새로움을 만들어낸 '오늘 일하다 죽은 노동자들'이라는 트위터 계정이 있습니다. 그리고 그것에 영감을 받아 기획된, 이 책이 있습니다. 사실 저희가 모르는 수많은 실천이 이 시간에도 지속될 것입니다. 그것은 노동운동에서, 사회운동에서, 학술적 실천에서, 문학 등 예술에서, 그리고 우리 모두의 일상적 실천에서 시작되고 점점 늘어나 모이고 저 멀리로 흩어져 나아갑니다. 이러한 실천을 통해 보이지 않던 것이 보이고, 말해지지 않던 것이 들리고, 감추어졌던 것이 드러날 것입니다. 말 없는 자들의 웅얼거림이 북소리처럼 커질 것입니다. 노동자 산재사망과 관련된 총체적 진실이 '사건'처럼 드러날 것이고, 노동자 죽임의 공고한 구조는 허물어질 것입니다.

* * *

끝으로 이 책의 제목을 '2146, 529'로 짓게 된 이유에 대해 말씀드리고자 합니다. 우선, 이 숫자 중 '2146'은 2021년 산재사망자 수의 추정치(2,146명)입니다. 또한 '529'는 2,146명의 산재사망자 중 사고로 사망하거나 과로사한 노동자의 수만을 따로 표기한 것으로, 트위터 '오늘 일하다 죽은 노동자들'이 안전보건공단의 속보와 일간신문의 기사를 토대로 매일 집계한 결과입니다.(사고로 사망한 노동자 수는 실제로는 이보다 더 많습니다. 안전보건공단의 2021년 1~3분기 집계만 하더라도 678명에 이르니 1년 전체 숫자는 월등히 많을 것입니다. 하지만 그중에서도 그나마 사고 사망의 소식이 전해진 것이 이렇게밖에 되지 않는다는 점도 기록해둘 만합니다.)

저희가 책의 제목을 숫자로만 나타내고자 할 때에는 많은 고민이 있었습니다. 1년간의 산재사망자 수(2,146명), 사고사망자 및 과로사망자 수(529명)를 내세우는 것은 산재보험으로 인정된 사망자 수만 집계하는 분명한 한계를 갖고 있습니다. 현행 산업재해 통계는 '노동자이지만 노동자라고 부르지 못하는 이들' 즉 소규모 사업장의 노동자, 화물차주, 자영업자 등의 현황을 파악하지 못합니다. 특히 근래 들어 그 수가 폭발적으로 늘어나는 추세인 플랫폼 노동자들, 근 25년간 한국의 중소 제조업종과 농어촌 산업을 지탱해온 이주노동자들이 산업재해에 가장 쉽게 노출됨에도 그 숫자를 정확히 가늠할 수 없다는 점에서 아쉬움이 많은 집계 방식입니다.

그럼에도 이 책의 제목을 이렇게 정한 가장 큰 이유는 이렇게라도 노동자들의 죽음의 숫자를 알리는 일이 시급하다고 보았기 때문입니다. 한국사회를 살아가는 이들이라면 누구나 우리 사회의 산재사망자 숫자가 '1년에 2,100명, 하루에 5~6명'이라는 것을 알아주었으면, 그리고 그 숫자가 지난 20여 년간 크게 변치 않았다는 점을 알아주었으면 하는 바람이 있었기 때문이지요. 그래야만 한국사회가 어떻게 노동자들을 다뤄왔는지를 알 수 있을 것이라고 생각했습니다.

산업재해에 대한 인식을 이처럼 높일 때에 우리는, 역설적으로 우리가 이들을 숫자로만 기록하지 않는 일이 얼마나 중요한지를 동시에 깨달을 수 있을 것입니다. 노동자들의 죽음을 돌아보며 그들이 죽음 직전까지 살아왔던 삶을 구체적으로 복원하는 작업은 지금으로선 너무나 요원해 보입니다. 하지만 그들의 숫자를 인식하는 데에서부터, 그들의 부고를 하나씩 읽어가면서, '그들이 곧 우리'라는 점을 잊지 않는 데서 그 복원은 서서히 시작될 것입니다.

이상윤 / 노동건강연대 대표

목차

일러두기

이 책의 본문은 안전보건공단의 사고 속보와 각 언론사의 단신기사로 구성되어 있습니다. 언론사 기사의 경우 출처를 책 뒷부분에 표기했습니다.

2021년 1월 3일 그리고 4일

현대자동차 울산공장에서 협력업체 직원이 중장비에 가슴이 눌려 숨지는 사고가 벌어졌다. (…) 앞서 현대차 울산공장에서는 2016년 프레스 작업을 하던 노동자 김 아무개 씨가 중장비에 끼여 숨지는 등의 사고가 빚어진 적이 있다.[1]

동국제강 포항공장에서 새벽 시간 식자재를 배송하던 50대 가장이, 화물용 리프트에 끼여 숨지는 사고가 발생, 유족들은 회사 측이 리프트를 평소에 제대로 관리만 했어도 사고가 나지 않았을 것이라며 눈물로 고통을 호소했습니다.[2]

2021년 1월 7일 그리고 8일

A씨는 트레일러 컨테이너 안에서 분류작업을 위해 일하던 도중 멈춰 있던 트레일러가 앞으로 나가면서 아래로 떨어졌습니다. 이후 트레일러가 이를 보지 못한 채 그대로 후진해 A씨를 치었고, A씨는 인근 병원으로 옮겨졌지만 숨졌습니다.[3]

인천 동구 화수동의 한 공장에서 작업을 하던 60대 남성이 지상 13m 아래로 떨어져 숨졌다.[4]

1월 8일, 현대중공업에서 또 한 명의 노동자가 사망했다. 한 비정규직 노동자가 심근경색으로 숨진 채 발견됐다.[5]

오늘 오전 7시 10분쯤, 청주시 남이면의 한 폐기물 처리업체에서 작업 중이던 49살 A씨가 컨베이어 벨트에 끼여 병원으로 옮겨졌지만 숨졌습니다.[6]

2021년 1월 10일

오후 8시 5분께 전남 여수시 낙포동 여수국가산업단지 한 유연탄 저장업체에서 청년 노동자 A씨(33)가 석탄 운송대에 몸이 끼이는 사고를 당했다. 해당 작업장에서는 2018년 8월에도 노동자 추락 사망사고 발생.[7]

2021년 1월 11일

광주 광산경찰서 등에 따르면 이날 낮 12시 40분쯤 광주 광산구 지죽동의 한 플라스틱 재생 공장에서 A씨(51·여)가 플라스틱을 부수는 파쇄기에 몸이 끼이는 사고가 발생했다.[8]

국내 최대 자동차부품 제조업체인 현대위아의 사내 협력업체 소속 비정규직 현장 관리자가 프레스에 눌리는 압착 사고를 당해 의식불명 상태다.(1월 24일 사망)[9]

쿠팡의 물류센터에서 밤샘 근무를 마친 50대 일용직 노동자가 회사 화장실에서 숨진 채 발견됐습니다.[10]

2021년 1월 12일

부산에 있는 오피스텔 공사장에서 노동자가 추락해 숨졌습니다. 안전모와 안전고리도 없이 9층에서 작업하다 벌어진 일로 경찰이 회사 관계자 등을 상대로 경위를 조사하고 있습니다.[11]

오전 8시 51분경 부산시 수영구 광안동 광안그레이스 오피스텔 공사 현장에서 40대 남성 인부가 추락해 사망한 사고가 발생했다.[12]

2021년 1월 14일 그리고 15일

A씨(53)는 지난 13일 암벽에 통행로를 확보하는 잔도 공사를 하던 중 추락해 2시간여 만에 구조됐으나 숨졌다.[13]

오후 4시 34분쯤 경기도 수원시 팔달구 인계동의 한 호텔 5층에서 화재가 발생해 동파배관 복구공사를 하던 근로자 1명이 숨졌다.[14]

경기도 남양주시 와부읍 내 골프연습장 골프망 보수공사 현장에서 측면 골프망 고정 작업 중 떨어져(높이 10m) 사망.

2021년 1월 16일, 17일 그리고 18일

경기도 파주시 월롱면 내 건설폐기물 처리업 사업장에서 재해자가 압롤박스 뒷문을 닫고 있던 중 후진하는 로우더에 깔려 사망.

오전 10시 50분께 경기 수원시 권선구 호매실동 신축공사장에서 중국 국적 60대 근로자 A씨가 숨진 채 발견됐다.[15]

경북 경주시 외동읍 내 사업장에서 프레스 유압장치 수리를 위해 프레스 상판과 하판 사이에 들어가 상판 분리작업 중 상판이 불시 하강하면서 상판과 하판 사이에 끼여 사망.

2021년 1월 19일 그리고 20일

경남 함안군 함안면 내 사업장에서 지게차 수리정비 작업을 위해 포크를 상승시켜 놓은 상태에서 하부에서 수리작업 중 유압이 누설(추정)되어 하강하는 포크에 깔려 1명 사망, 2명 부상.

경기 과천시 갈현동 소재 과천지식정보타운 S5블록 과천르센토 데시앙 아파트 건설 현장에서 기초공사용 5톤 무게의 콘크리트 파일이 전도돼 작업자가 깔려 숨졌다.

경기도 성남시 중원구 내 ○○시내버스(주) 사업장에서 20리터 드럼통에 보관되어 있는 부동액을 펌프를 사용하여 플라스틱 용기로 옮기는 중 원인 미상의 폭발사고 발생하여 사망.

2021년 1월 23일

오후 2시 14분쯤 전남 함평군 월야면에 있는 자동차 생산 공장인 광주글로벌모터스에서 작업 중이던 양 모 씨(54)가 추락해 숨졌다.[16]

오후 1시 53분께 강원 양양군 현남면 동산리 숙박시설 공사 현장에서 근로자 A씨(42)가 추락해 숨졌다.[17]

시흥의 한 건설 현장에서 옹벽이 무너져 작업자 1명이 숨지고 2명이 다쳤다. 지난 23일 오전 11시 10분께 시흥시 월곶동의 한 공동주택 건설 현장에서 지하주차장 램프 구간의 콘크리트 옹벽이 무너져 작업자 A씨(60대)가 매몰됐다.[18]

2021년 1월 25일, 26일 그리고 27일

2개월 전에 근로자가 추락해 중상을 입었던 강원도 양양군 태원건설산업(주) 시공 현장에서 또 다시 근로자가 추락사하는 중대재해가 일어났다.[19]

경남 거제시 장목면 내 ○○호(선박무게 3.55톤) 개조개 채취 선박에서 거가대교 하부 저도 인근에서 조개 채취작업을 위해 수심 23m 아래에서 잠수작업을 하던 중 공기저장탱크 내 압력 소실로 공기 공급이 중단되어 사망.

한국표준과학연구원 시설관리 용역노동자가 업무시간 중 사망했다. 사망한 노동자는 원청인 표준과학연구원의 과도한 시방서 변경 등 부당한 업무지시에 시달려 힘이 든다며 반장직을 못하겠다고 선언한 상태였다고 한다.[20]

2021년 1월 28일

인천경찰청 광역수사대는 어제(28일) 오후 6시 10분쯤 인천 서구의 한 폐기물 처리업체에서 83살 A씨가 컨베이어 벨트에 끼여 병원으로 옮겨졌지만 사망했다고 밝혔습니다.[21]

오후 5시 42분께 남양주시 진접읍 진벌리의 한 재활용 의류 수출업체에서 일하던 A씨(34)가 압축기계에 빨려들어가 숨졌다.[22]

2021년 1월 31일

경기 용인시 기흥구 내 ○○영업소 페인트 재도장 보수 공사 현장에서 지붕슬래브에서 외부 페인트를 벗겨내는 작업 중 6.8m 아래 바닥으로 떨어져 사망.

2021년 2월 1일 그리고 2일

지난 1일 캄보디아인 노동자 1명이 비닐하우스에서 사망한 사실이 뒤늦게 확인됐다. 작년 말 경기 포천 비닐하우스 숙소서 숨진 캄보디아인 누온 속헹 씨의 죽음에 이은 것으로, 농어촌 이주노동자들의 열악한 생활·노동환경과 무관치 않은 것.[23]

경기 광주 탄벌동 내 ○○목재 보관창고 사업장에서 창고 지붕 천막을 수리하는 중 가설 건축물 상부에서 떨어져 사망.

오전 10시 57분께 강원 영월군 한 시멘트 공장에서 60대 남성이 쓰러진 채 발견됐다. 신고를 받고 출동한 영월소방서 구급대원들은 A씨(60대)를 심폐소생을 하며 병원으로 옮겼지만 끝내 숨졌다.[24]

2021년 2월 5일 그리고 6일

울산 현대중공업 조선사업본부 대조립1공장에서 작업 중이던 40대 노동자가 철판에 끼여 숨지는 사고가 발생했다.[25]

전북 군산 앞바다에서 조업 중이던 어선 구조물이 파손되면서 이에 맞은 선원 3명이 숨졌다.[26]

서울 마포구에서 오토바이를 몰던 60대 배달원이 마을버스와 충돌해 숨졌다.[27]

강원도 강릉시 성산면 내 (주)○○ / 농어촌생활용수개발사업 현장에서 상수도 관로 매설 현장에서 되메우기 작업 중 청소를 하던 재해자가 후진하는 굴착기에 부딪혀 사망.

경기도 화성시 내 (주)○○ / 고속도로 직선화 공사 현장에서 지하차도 되메우기 작업 중 재해자가 덤프트럭 유도 후 토사 정리를 위해 후진하는 굴착기에 깔려 사망.

2021년 2월 8일

오전 9시 38분경 포스코 연료부두 내에서 포스코 사내 하청업체인 (주)장원 소속의 노동자(35세)가 컨베이어 롤러 교체작업 중 컨베이어에 철광석을 붓는 언로더가 작동되어 협착하여 사망하는 사고가 발생했다.[28]

오후 4시 10분쯤 인천시 미추홀구 주안동 주안파크자이 더플래티넘 아파트 신축공사장에서 시공사 협력업체 근로자 A씨(61)가 천공기 내부 와이어에 끼여 숨졌다.[29]

강원도 홍천군 화촌면 내 축사지붕 교체공사 현장에서 재해자가 축사지붕 교체공사 작업 중 선라이트를 밟아 파손되면서 떨어져 사망.

2021년 2월 9일, 10일 그리고 14일

전남 나주시 빛가람동 내 교회 신축공사 현장에서 지붕 철골구조물 위에서 십자가 조형물 설치작업 중 떨어져 사망.

경기도 화성시 영천동 내 ○○건설 / 동탄 ○○타워 신축공사 현장에서 엘리베이터 설치공사 협력업체 소속의 재해자가 엘리베이터 도어설치 준비작업 중 지상 1층 슬래브 단부에서 떨어져 사망.

설 연휴에 도금업체에서 폐수 슬러지(찌꺼기)를 제거하는 작업을 하다가 유독가스를 마시고 질식한 40대 근로자 2명 중 1명이 치료를 받다가 숨졌다.[30]

2021년 2월 16일 그리고 18일

지난 16일 오후 5시께 부산 남구 동국제강 부산공장 원자재 제품창고서 일하던 50대 직원 A씨가 철강 코일 사이에 끼이는 사고를 당해 병원으로 이송됐지만 숨졌다.[31]

오후 3시 32분께 강원 강릉시 강동면 안인리 제2석탄화력발전소 건설 현장에서 노동자 A씨(57)가 약 7m 높이의 구조물에서 추락했다. A씨는 추락 충격으로 머리 등을 크게 다쳐 병원으로 옮겨졌지만 사망했다.[32]

2021년 2월 19일, 21일 그리고 22일

13시 20분경 경기도 가평군 소재 주택 신축공사 현장에서 부지 조성을 위한 옹벽 상부에서 이동 중 떨어져 사망.

경북 경주 앞바다에서 어선 전복사고로 실종된 승선원 6명 중 2명이 수색 당국에 발견돼 1명은 목숨을 건졌지만, 다른 1명은 숨졌다.[33]

오후 3시 35분께 부산 북구 구포동 한 신축 아파트 도시가스배관 매설공사 현장에서 60대 작업자가 깊이 1.4m 배관로 아래로 추락했다. 이 사고로 작업자 A씨(60)가 배관에 깔려 병원으로 이송됐으나 결국 숨졌다.[34]

2021년 2월 23일 그리고 24일

인천 한 순환골재 공장에서 50대 노동자가 컨베이어 벨트를 점검하다가 끼여 숨졌다.[35]

오후 3시 17분께 청도 운문댐 취수탑 내진공사장에서 수중 에어리프팅 작업을 하던 A씨(38)가 콘크리트에 깔려 숨졌다.[36]

충남 천안 한 전신주 설치공사 현장에서 크레인이 추락해 한국전력 하청업체 60대 근로자가 사망하는 참변을 당했다.[37]

경상남도 거제시 소재 소나무 재선충 방재작업 현장에서 벌목작업 중 쓰러지는 벌도목에 맞아 사망.

2021년 2월 27일

과천의 한 아파트 공사 현장(태영건설 시공)에서 1톤 무게의 거대한 강철 기둥, H빔이 노동자들을 덮쳐 한 명이 숨지고 다른 한 명이 크게 다쳤습니다.[38]

제주의 한 5성급 호텔 리모델링 공사 현장에서 옹벽이 무너져 작업 중이던 노동자 1명이 숨지고, 또 다른 1명이 다쳤다.[39]

2021년 3월 1일 그리고 2일

오전 6시께 경기 성남시 정자동 네이버 제2신사옥 공사 현장에서 화물차 운전자가 철제 패널에 깔려 사망했다. 시공사-삼성물산.[40]

오전 8시 10분께 울산 울주군 온산읍의 한 조선기자재 제조업체인 A사에서 50대 남성 근로자가 작업 도중 추락해 숨졌다.[41]

2021년 3월 5일

지난 5일 오전 9시 54분쯤 서울 서초구 방배동의 한 아파트 16층에서 인테리어 작업을 하던 40대 후반 A씨가 건물 밖으로 추락해 숨졌다.[42]

2021년 3월 6일

3월 6일 새벽 쿠팡 구로 배송캠프에서 쿠팡맨(쿠팡친구)을 관리하는 40대 캠프리더(CL) A씨가 숨을 거뒀다.[43]

쿠팡 노동자가 또 숨진 채 발견됐다. 7일 전국택배연대노조와 서울 송파경찰서에 따르면 쿠팡 송파1캠프에서 심야·새벽 배송을 담당하던 48세 이 모 씨가 전날 오후 자택에서 시신으로 발견됐다.[44]

지난 6일 오후 3시 54분쯤 안동시 임동면 한 농업회사에서 일하던 태국 국적의 외국인 A씨(28)가 사료배합기에 빨려 들어가 사망하는 사고가 발생했다.[45]

경남 창원공단 내 대림자동차(DL모터스, DL Motors)에서 일하던 이주노동자가 산업재해로 사망한 사실이 뒤늦게 알려졌다. 산재 사고는 지난 6일 오전 11시 40분경, 창원시 성산구 성산동 소재 대림자동차 주조1공장에서 발생했다.[46]

2021년 3월 8일

광주에서 또 노동자가 작업 중 기계에 몸이 끼여 목숨을 잃었다. 8일 아침 아침 8시 40분께 광주광역시 광산구 고룡동 진곡산업단지 내 에어컨 부품 제조공장에서 한 아무개 씨(45)가 기계에 몸이 끼여 숨졌다.[47]

지난 8일 오전 경남 창원에 있는 두산중공업 원자력공장 4구획에서 운송업체 화물기사 40대 A씨가 원자로 설비부품을 크레인을 이용해 신는 작업을 하다가 부품에 깔리는 사고를 당했다.[48]

2021년 3월 9일 그리고 10일

어제(9일) 오전 11시쯤 인천시 남동구 고잔동 남동공단 내 쇠파이프 보관창고에서 작업을 하던 중국 교포 59살 A 씨가 11m 아래로 추락해 숨졌습니다.[49]

울산시 소재 건설 현장 내 화물용 엘리베이터 피트 내 브라켓 설치작업을 위해 엘리베이터 출입구로 난간을 밟고 진입하던 중 안전난간이 빠지면서 엘리베이터 피트 바닥으로 떨어져 사망.

1일 건설 현장에서 추락해 머리를 다친 노동자가 한 시간가량 방치됐다가 병원으로 이송됐으나 사망한 사고가 발생했다. 게다가 방치 이후, 응급차가 아닌 건설 현장 관리자의 승용차로 병원으로 이송된 것으로 알려졌다. 사고 발생 두 시간여 뒤에야 응급조치를 받게 된 김 씨는 입원 중이던 지난 10일 결국 숨졌다.[50]

2021년 3월 11일 그리고 12일

11일 오전 충남 서산시 대산읍 현대오일뱅크 내 현대케미칼 HPC 신설 현장에서 50대 용접노동자가 사망하는 사고가 발생했다. 사고를 당한 A씨는 현대건설 협력업체 직원인 것으로 알려졌다.[51]

오전 10시 반쯤 충남 서산시 성연면의 한 콘크리트 배수관로 제조업체에서도 배수관로 제조 틀에 협력업체 30대 외국인 노동자 B씨가 깔려 숨졌다.[52]

지난 1월 13일 경기 파주시 월롱면에 위치한 LG디스플레이 공장에서 유해 화학물질 노출로 인해 의식을 잃고 쓰러졌던 40대 근로자 이 모 씨가 2달 만에 숨졌다. 당시 이 씨와 함께 의식을 잃고 쓰러진 동료 근로자도 현재까지 의식을 되찾지 못한 상태다.[53]

용인시 아파트 외벽 균열보수 및 재도장 작업 현장 내 재도장 작업을 하던 중 달비계와 함께 약 51m 아래 지면으로 떨어져 사망.

2021년 3월 13일

택배노동자과로사대책위원회(대책위)는 로젠택배 경북 김천터미널 소속 김 모 씨(51)가 지난 13일 터미널 주변에 세워둔 자신의 차량에서 의식을 잃은 채 발견돼 병원으로 옮겼으나 의식불명 상태라고 15일 밝혔다.(3월 15일 뇌출혈로 사망)[54]

12시 35분경 인천 소재 주물제조공장 내 지붕에서 이동 중 선라이트 지붕이 파손되면서 떨어져 사망.

14시 15분경 화성시 소재 공장 신축공사 현장 내 시저형 고소작업대에 탑승하여 철골구조물 조립작업을 하던 중 약 8.5m 아래 바닥으로 떨어져 사망.

2021년 3월 15일 그리고 16일

10시 10분경 영광군 소하천 정비공사 현장 내 교량 교명주(다리 이름을 새긴 기둥) 해체작업 중 해체된 교명주가 떨어지면서(높이 약 3m) 이에 깔려 사망.

17시 10분경 서울 근린생활시설 신축건설 현장 내 크레인을 사용하여 동바리를 옮기던 중 크레인 상단 붐대가 꺾이면서 떨어지는 동바리에 맞아 사망.

18시 15경 창원시 소재 포장재 제조공장 내 스티로폼 성형기(사출성형기와 유사)로 성형작업 중 후진하는 금형과 안전도어 사이에 몸이 끼여 사망.

오전 9시 48분경 포스코케미칼 협력업체 노동자가 라임공장에서 근무 중 실린더에 머리가 끼이는 사고가 발생했고, 이후 병원으로 이송됐지만 사망했다.[55]

2021년 3월 17일

오전 8시 51분쯤 광주 광산구 연산동 한 건물신축 현장에서 근로자 A씨(55)가 무너진 토사에 매몰됐다. A씨는 심정지 상태로 인근 병원으로 이송됐으나 결국 숨졌다.[56]

오전 11시 20분께 서울 강서구의 한 공사장에서 작업 중이던 50대 남성 A씨가 추락하는 사고가 발생했다. 사고 후 공사장 지하에서 발견된 A씨는 심폐소생술(CPR)을 받으며 병원으로 이송됐으나 끝내 숨졌다.[57]

2021년 3월 18일

강원 동해항에 정박한 선박 내에서 하역작업을 하던 40대 근로자 3명 중 2명이 가스질식 추정으로 숨져 경찰이 조사 중이다.[58]

10시 30경 김천시 터널 갱구 흙막이 가시설 설치작업 현장 내 코너 스트러트 상부에서 볼트 체결 중 5m 아래 바닥으로 떨어져 사망.

2021년 3월 19일

오전 9시 40분쯤 경기도 구리시 갈매동의 한 신축공사 현장에서 콘크리트 펌프카에 연결된 배관이 쓰러지며 50대 작업자 A씨를 덮쳤습니다. A씨는 심폐소생술을 받으며 병원으로 옮겨졌지만 결국 숨졌습니다.[59]

지난 19일 오전 7시 50분께 진주의 한 이동식 농막제작 업체에서 석고보드 다발을 옮기던 지게차가 앞으로 고꾸라지면서, 고임목을 놓고 치우는 작업을 돕던 이 모 씨(54)는 쏟아진 화물에 깔려 병원으로 옮겨졌으나 숨졌다.[60]

14시 10분경 부산 선박건조 사업장 내 선체 외판 절곡작업 중 선체 외판에 결속된 클램프가 탈락되면서 머리를 맞아 사망.

14시 40분경 진안군 작물재배 신축공사 현장 내 기계톱으로 벌목작업 중 벌도목이 측면 나무에 걸리면서 함께 넘어져 이에 깔려 사망.

2021년 3월 20일

충남 홍성군 국민청소년체육센터 건립공사 현장에서 60대 노동자가 낙하물에 깔려 숨지는 사고가 발생했다.[61]

2021년 3월 26일

고양시 소재 아파트 외벽공사 현장 내 아파트 옥상(약 70m)에서 달비계 탑승 중 메인 로프가 풀리면서 지상으로 떨어져 사망.

고양시 지식산업센터 공사 현장에서 타워크레인 인상 중 운전실 메인 지브 붕괴로 운전원 사망.

경북 포항시 북구에 있는 한 골프장에서 잔디관리 협력업체 직원 4명이 탄 카트가 3m 언덕 아래로 추락했다. 이 사고로 A씨(66)가 숨지고 함께 타고 있던 3명이 인근 병원으로 옮겨져 치료를 받고 있다.[62]

2021년 3월 27일 그리고 28일

부산 산업용 기계 제조공장 내 수직선반(공작기계) 상부 배선 철거작업 중 약 3m 아래로 떨어져 사망.

오후 11시 24분쯤 충남 당진시 송악읍 현대제철 당진공장 내 서당교에서 45인승 직원용 통근버스가 8m 아래 바다로 떨어졌다. 이 사고로 운전자 김 모 씨(48)와 버스에 타고 있던 직원 박 모 씨(37)등 2명이 그 자리에서 숨졌다.[63]

2021년 3월 30일 그리고 31일

오전 8시 30분께 경기 남양주시 조안면 수도권 제2순환 고속도로 공사 현장에서 근로자 A씨(60)가 20m 아래로 추락하는 사고가 발생했다. A씨는 심정지 상태로 병원으로 옮겨졌으나 끝내 숨졌다.[64]

울산 빌라 외벽 방수작업 현장 내 스카이 작업대에 탑승하여 상승하던 중 아웃트리거 지반이 침하하면서 작업대로부터 추락 사망.

2021년 4월 1일 그리고 2일

08시 45분경 울산 공장 지붕 보수공사 현장 내 지붕 보수공사 중 선라이트를 밟아 11m 아래로 떨어져 사망.

13시 50분경 광주 지하차도 개설공사 현장 내 이동 중이던 트레일러에 신호수가 부딪혀 사망.

2021년 4월 4일 그리고 5일

광주의 한 주택골조 보강공사 현장에서 붕괴 사고로 2명이 숨지고 2명이 크게 다쳤다.[65]

지난 5일 오전 9시께 현대제철 포항공장 인근 전신주에서 보수작업을 하던 노동자 40대 A씨가 10여m 아래로 추락했다. 그는 현대제철이 발주한 전기공사 외주업체 소속으로 병원으로 이송됐으나 숨졌다.[66]

2021년 4월 6일

대구 서구 비산동의 7층 높이 요양원 건물 외벽에서 로프를 타고 현수막을 설치하던 근로자 A씨(47)가 옆 건물 옥상으로 떨어지는 사고가 발생했다. 이후 인근 대학병원으로 이송했으나 끝내 숨졌다.[67]

서귀포 급경사지 산길 카고크레인(4.5톤)을 운전하여 산길을 오르던 중 급경사 커브길에서 크레인이 운전석 방향으로 넘어져 사망.

경주 기계제조 사업장 내 로봇시스템 펜스 내로 들어가 검사작업 중 로봇 암에 부착된 채로 움직이던 지그와 적재대 사이 끼여 사망.

대구 요양원 현수막 설치 현장 내 달비계를 사용하여 현수막 설치 중 로프가 파단되면서 7층 높이에서 떨어져 사망.

2021년 4월 7일

강원 고성 철거작업 현장 내 지붕에서 선라이트 해체작업 중 약 3m 높이에서 떨어져 사망.

오전 8시 23분쯤 경기 부천시 내동의 한 트레일러 제작 공장에서 작업을 하던 A씨(40대)가 트레일러에 깔려 숨졌다.[68]

서울 기계식 주차설비 설치 현장 내 상부 슬래브 거푸집 조립을 위해 시스템 동바리에서 이동 중 5.9m 아래 콘크리트 바닥으로 떨어져 사망.

오전 10시 32분께 서울 송파구 올림픽대교 남단 연결램프 구조개선 공사 현장에서 70대 신호수 A씨가 후진하던 25.5톤 덤프트럭에 치여 현장에서 숨졌다.[69]

2021년 4월 8일

창원 기계설비 설치 현장 내 체인 교체작업 중 떨어지는 체인(1.35톤)에 맞아 3m 아래 바닥으로 떨어져 사망.

2021년 4월 9일

오전 0시 10분쯤 경북 경주시 천북면 한 금속공장에서 작업 중이던 근로자가 기계에 깔려 숨지는 사고가 발생했다.[70]

여수 공장 지붕 보수공사 현장 내 보수작업을 위해 지붕 위를 이동하던 중 선라이트(채광창)을 밟아 8m 아래 바닥으로 떨어져 사망.

오전 11시 42분께 경남 함양군 마천면 내 석산 진입로 개설 현장에서 작업자 A씨(62)가 발파작업 중 날아온 석재에 머리를 맞아 병원으로 옮겨졌으나 숨졌다.[71]

오전 8시 19분께 전남 나주시 빛가람동 한 고층아파트에서 외벽 도색을 하던 50대 작업자가 19층 아래 지상으로 추락했다. 이 작업자는 119구급대에 의해 병원으로 옮겨졌으나 숨졌다.[72]

2021년 4월 11일 그리고 12일

오전 9시 13분께 충남 서산시 지곡면 한 야산에서 벌목하던 굴삭기가 전복됐다. 이 사고로 굴삭기에 깔렸던 기사 A씨(62)가 119구조대에 의해 인근 병원으로 이송됐으나 결국 숨졌다.[73]

인천시 서구 한 건설폐기물 처리업체에서 근로자 A씨(40)가 유압 프레스 기계에 끼였다. 신고를 받은 119구급대는 현장에 출동했지만, A씨는 이미 숨진 상태였다.[74]

2021년 4월 14일

인천 서구 경서동의 한 비철금속 제조업체에서 56살 A씨가 40대 B씨가 운전하던 지게차에 치여 숨졌습니다. 구급대가 현장에 도착했을 때 A씨는 이미 심정지 상태였으며 머리와 골반 등을 크게 다쳐 병원으로 옮겨졌지만 숨졌습니다.[75]

오후 6시 15분께 부산 해운대구 한 공사 현장에서 50대 인부 A씨가 회전하던 크레인에 부딪혔다. 부산경찰청에 따르면 A씨는 크레인과 앞에 있던 철제 자제에 끼여 사망했다.[76]

파주 다가구주택 신축공사 현장 내 작업발판 해체작업 중 약 4.6m 아래 지상 바닥으로 떨어져 응급치료 중 사망.

2021년 4월 15일 그리고 16일

신안 통신케이블 유지보수 현장 내 전신주에서 내려오던 중 약 10m 아래 지상 바닥으로 떨어져 응급치료 중 사망.

파주 골프장 잔디 식재현장 내 바닥에 고정되어 있던 착지핀을 당겨 제거하던 중 착지핀이 우측 가슴에 맞아 병원 이송 후 사망.

수원 노후 상수관망 정비사업 현장 내 화물트럭 위에서 상수도용 강관 하차작업 중 강관과 함께 약 2m 아래 바닥으로 떨어져 사망.

지난 4월 16일 오전 9시 15분쯤 울산 울주군 온산항에 접안한 선박의 화물창에서 작업 중 컨테이너 옆 60cm 부근의 화물창 단부(구조물의 처음이나 끝부분)를 보지 못하고 8m 아래로 추락 사망.[77]

2021년 4월 17일 그리고 18일

국립수목원에서 보수작업을 담당하던 근로자가 사다리에서 추락해 사망하는 사고가 발생해 그 경위가 논란이 되고 있다.[78]

지난 18일 오후 4시 15분께 포천시 선단동의 한 샌드위치 패널 건물 증축 공사 현장에서 크레인에 매달려 있던 H빔이 아래로 떨어지며 근로자 A씨(57)를 덮쳤다. A씨는 병원으로 옮겨졌지만 결국 숨졌다.[79]

대구 죽전역 코아루 더리브 아파트 공사 현장에서 1990년생 청년 형틀목공 건설노동자가 사망. 현장에는 추락재해의 기본인 안전난간도 설치되지 않았고, 금지(제한적으로 가능한)된 사다리 위 작업이 (…) 죽음에 이르게 만들었다.[80]

2021년 4월 19일

서울 강동구 천호동 아파트 신축공사 현장에서 중국 국적 작업자 A씨(64)가 지하주차장 공사 중 지하 2층 천장과 리프트 사이에 끼는 사고를 당했다. A씨는 의식과 호흡이 없는 상태로 심폐소생술(CPR)을 받으며 병원으로 이송됐으나 숨졌다.[81]

산청군 샘물공장 내 물류운반도로에서 지게차 운전원이 생수운반용 파레트를 이송하던 중 옆으로 지나가는 재해자가 파레트에 부딪혀 넘어져 지게차 바퀴에 깔려 사망.

2021년 4월 20일, 21일 그리고 22일

성남 빌딩 기계식 주차 리뉴얼 공사 현장 내 중간 슬라브에서 개구부를 만들기 위해 코어드릴 작업을 하던 중 중간 슬라브 끝단에서 약 5.8m 아래 지하 2층 바닥으로 떨어져 사망.

세종 국도 시설물 보수공사 현장 내 공중비계 해체작업 중 공중비계 작업발판(합판, 12톤)의 단부로 떨어져 사망.

세월교 복구공사 작업완료 후 남은 자재를 굴삭기가 상차하던 중 콘크리트 흄관을 묶은 '바'가 끊어지면서 작업 중이던 건설 현장 대리인인 A씨(50)를 덮쳤다. A씨는 강릉아산병원으로 이송됐으나 치료 중 이날 오후 9시쯤 사망했다.[82]

평택항 부두 내에서 대형 화물 컨테이너 적재작업을 하던 20대 근로자가 컨테이너에 머리를 부딪쳐 숨지는 사건이 발생했다.[83]

2021년 4월 23일 그리고 24일

부산 소재 사업장 내 압력용기 시운전 중 출입구가 열리면서 용기 옆에 있던 작업자 흉부를 가격하여 사망.

24일 오전 11시20분께 경기 남양주시 다산동의 오피스텔 신축공사 현장에서 화재 발생. 현재까지 소방당국이 파악한 사상자는 사망 1명, 부상 18명.[84]

인천시 남동구에 위치한 한 아파트 건설 현장에서 소형 타워크레인 높이 올리기(마스트 인상) 작업을 하던 소형 타워크레인 임대업체 현장 관리자가 떨어져 사망했다.[85]

2021년 4월 25일 그리고 26일

경북 경주시의 한 공장에서 약 30톤짜리 구조물이 떨어져 작업 중이던 60대 근로자가 깔려 숨지는 사고가 발생했다.[86]

충북 옥천군 옥천읍 경부고속도로 옥천휴게소 인근 공사현장에서 60대 남성이 덤프트럭에 치여 숨졌다. 숨진 A씨(63)는 이곳에서 도로 확·포장작업을 하던 중 사고를 당한 것으로 알려졌다.[87]

2021년 4월 27일, 28일 그리고 29일

3월 28일 대전시 유성구 소재 건설 현장에서 흙막이 가시설 버팀대에 앉아 H형강 말뚝과 띠장 사이 공간에 설치할 철판을 용접기를 사용하여 절단하던 재해자가 중심을 잃고 3.3m 아래 바닥으로 떨어져 부상당한 후 입원치료를 받다 4월 27일 사망.

함양 소재 종합건설업 사업장의 출장지에서 오거크레인으로 전주를 들어 올려 적재대에 싣던 중 슬링 와이어로부터 이탈된 전주에 깔려 사망.

전주시 완산구 색장동의 새만금 고속도로 터널공사 현장에서 A씨(51)가 떨어지는 바위에 깔리는 사고가 났다. 하반신이 바위에 깔린 A씨는 119구급대에 의해 병원으로 옮겨졌으나 치료를 받다가 끝내 숨졌다.[88]

2021년 4월 30일

인천시 부평구 십정동 한 5층짜리 상가건물 앞 사다리차 위에서 40대 남성 A씨가 고압 전선에 감전됐다. 이 사고로 A씨가 전신에 화상을 입는 등 부상해 119구급대에 의해 인근 병원으로 옮겨졌으나 숨졌다.[89]

2021년 5월 1일 그리고 3일

서울 성북구 장위10구역의 한 건물에서 철거작업을 하다 매몰됐던 강 모 씨(59)가 1일 오후 발견됐다. 소방 관계자는 (강 씨가) 사망한 것으로 추정된다고 말했다.[90]

대구 서구 자동차 관련 시설 증축공사 현장 내 H빔 보강공사를 위해 비계용 발판을 설치하던 중 비계파이프에서 미끄러져 10m 아래로 떨어져 사망.

광양 운수창고 현장 내 집탄작업을 하던 중 블레이드 날에 협착되어 1명 사망, 1명 중상.

2021년 5월 6일 그리고 7일

경기도 시흥시 힌지 제조 사업장에서 연동장치를 해제하고 점검작업 진행 중 힌지 자동 조립기에 끼여 사망.

화성시 공장 신축공사 현장 내 철골구조물에서 볼트 체결작업 후 지상으로 내려오기 위해 시저형 고소작업대로 이동하던 중 약 10m 아래 바닥으로 떨어져 사망.

경기도 화성시 소재 건설 현장에서 9m 높이에 있는 철골구조물 위로 올라가 가조립을 하던 재해자가 우천으로 인한 작업 중지 지시에 따라 지상으로 내려오기 위해 고소작업대에 탑승하려다 1층 바닥으로 떨어져 사망.

2021년 5월 8일

현대중공업 울산조선소에서 협력업체 노동자 40대 A씨가 추락해 병원으로 이송됐으나 사망했다.[91]

10시 50분쯤 현대제철 당진공장 가열로에서 일하던 44살 A씨가 쓰러진 채 동료들에게 발견돼 병원으로 옮겨졌지만 숨졌습니다. 사고 당시 A씨는 가열로 설비 점검을 위해 나섰다가 기계에 끼여 변을 당한 것으로 추정됩니다.[92]

경기도 하남시 소재 철거공사 현장에서 중도리에 안전대를 체결한 작업자와 안전대를 착용하지 않은 재해자가 해체된 지붕 패널을 함께 들고 지붕층 중앙부 거더에 설치된 물받이 홈통 위에서 이동하던 중 1층 바닥으로 떨어져 사망.

경기도 용인시 소재 건설 현장에서 1층 작업자가 건네준 석재 붙임용 강제 트러스 부재를 안전난간이 없는 비계 작업발판(2단) 내측에서 받아 올리던 재해자가 비계 내측 2.9m 아래 바닥으로 떨어져 사망.

2021년 5월 9일 그리고 11일

경상북도 경산시 소재 공장에서 공장 자동화 창고 외벽 달비계 도장작업 중 떨어져 사망.

경기도 김포시 소재 건설 현장에서 외벽 거푸집에 조립 핀을 체결하던 재해자가 거푸집과 시스템 비계 작업발판(3단) 사이 공간에서 11m 아래 바닥으로 떨어져 사망.

2021년 5월 12일

경기 포천시 영북면의 한 채석장에서 노동자 2명 사망. 이들은 바위를 절단하는 기계인 와이어 소(wire saw)가 고장나자 수리하려고 기계 하부에 들어갔다가 기계가 주저앉으면서 그 아래에 깔려 변을 당했다.[93]

경상남도 김해시 소재 워터파크 사업장에서 야외 파도풀장 바닥의 이물질을 제거하는 수중 청소작업 후 나오던 중 재해자의 잠수장비에 수중 청소기 호스가 걸려 익사함.

강원도 원주시 소재 건설 현장에서 아스팔트피니셔로 아스팔트를 포설하는 동안 롤러를 점검하기 위해 조종석에서 통행 중인 1차로 쪽으로 내리다 뒤로 넘어진 재해자가 1차로에서 주행하던 1톤 화물자동차에 치여 사망.

오전 10시 40분쯤 안동지역 한 병원 14층 옥상에서 건물 외벽 실리콘 작업을 하던 A씨(58)가 4층 난간으로 떨어져 숨졌다.[94]

2021년 5월 13일 그리고 14일

울산광역시 울주군 소재 전기주식회사 시험실 내에서 변압기 온도상승 시험을 준비하는 과정에서 감전 사망.

천안시 소재 민간 근린공원 조성공사 현장에서 측량보조 업무를 마치고 작업 중인 굴삭기 옆을 지나다가 굴삭기 후면부에 부딪혀 병원으로 이송하였으나 사망.

경기 화성시 팔탄면 공장에서 외벽 샌드위치 패널 교체 작업 중 작업자 1명 감전 사망.

강원도 동해시 삼화동 쌍용C&E 시멘트공장에서 천장크레인이 10m 높이에서 추락해 작업하던 크레인 기사 63살 김 모 씨가 숨졌습니다.[95]

2021년 5월 16일 그리고 17일

장결핵을 앓는 중국의 아들에게 치료비를 부치던 50대 중국동포 여성노동자가 자동차 부품업체 세척기계에 목이 끼여 사경을 헤맨 지 20여 일 만에 숨졌다.[96]

경기도 용인시 나무제품 제조 사업장에서 스펀지 재단작업 과정에서 작동 중인 기계 위(턴테이블)로 올라가 재단된 제품을 정리하던 중 제품과 칼날 사이에 끼여 사망.

2021년 5월 19일

경기도 화성시 지붕공사 현장에서 지붕강판 피스 해체작업 후 옆구간으로 이동 중 약 5.5m 바닥으로 떨어져 사망.

경기도 화성시 소재 건설 현장에서 굴착기와의 접촉 방지를 위한 유도자 없이 굴착기 뒤편을 등 뒤에 두고 상수도관 교체 구간의 임시 포장작업을 마무리하던 재해자가 후방 카메라를 확인하지 않은 채 후진한 굴착기의 우측 뒷바퀴에 깔려 사망.

강원도 철원군 소재 공사 현장에서 작업발판 위 조적작업 중 벽돌이 무너지며 약 9m 높이에서 추락 사망.

2021년 5월 20일

삼성중공업 거제조선소에서 작업하던 50대 노동자가 추락해 사망했다. ㄱ씨는 협력업체 소속이다. ㄱ씨는 엔진룸 내부에서 케이블 설치작업을 하던 도중에 추락했다. 이후 응급조치를 하고 병원에 후송됐지만 사망했다.[97]

경상남도 함안군 제조업 사업장에서 정지 상태에 있던 소재 이송용 로봇팔이 NC선반 내부로 진입하면서 피재자가 NC선반 내부로 말려들어 끼여 사망.

전남 광양시 태인동 철강생산 전문업체인 삼보강업에서 일하던 40대 근로자 A 모 씨(43, 남)가 작업 중 설비 사이에 끼여 숨지는 사고가 발생했다.[98]

2021년 5월 21일, 22일 그리고 23일

경북 포항철강산업단지 내 한 철강제조업체에서 수리 중이던 엘리베이터가 추락해 인부 1명이 숨지고 1명이 부상을 입는 사고가 발생했다.(부상 1명 5월 21일 사망)[99]

경남 고성 중공업사업장 내 컨테이너 크레인 레그 조립을 위해 측면 철판부재를 크레인으로 운반하여 세팅하던 중 철판부재 사이에 끼여 사망.

전남 함평 주택 내부공사 현장에서 이동식 틀비계를 사용하여 천장 판넬작업 중 추락 사망.

경남 창원시 부산신항 국제물류센터에서 근무하던 A씨(38)가 컨테이너를 운반하는 42톤 지게차에 깔려 숨졌다. 컨테이너 작업을 할 때는 안전 관리자와 수신호 담당자가 있어야 하지만 해당 현장에는 배정돼 있지 않았던 것으로 전해졌다.[100]

2021년 5월 24일

인천시 남동구 고잔동 남동공단 소재 산업용 기계제조 공장에서 A씨(55)가 철판 구조물에 깔렸다는 신고가 119로 접수됐다. A씨는 동료 작업자가 발견해 119에 신고되면서 소방대원에 의해 응급처치를 받고 병원으로 옮겨졌으나 숨졌다.[101]

경기도 안성시 공도읍 용두리의 한 공장 건물에서 이사를 위해 장비를 싣던 25톤 크레인 차량이 앞으로 넘어졌다. 이 사고로 이삿짐센터 직원 5명이 추락했다. 이 가운데 60대 남성이 숨지고, 나머지 4명은 부상.[102]

오전 3시께 부산 기장군 정관읍 한 음식폐기물처리장에서 30대 작업자가 오수 수조에 빠져 숨진 채 발견됐다.[103]

경남 함안 철강제조 사업장 내 고철장에서 화물차에 실린 고철을 집게차로 1차 하역 후, 2차 마그네트로 하역하기 위해 차량이 이동하는 과정에서 당시 검수원이였던 재해자가 차량에 충돌한 후 깔려 사망.

2021년 5월 25일

지난 11일 오전 출근 도중 쓰러진 홈플러스 온라인 배송 노동자 최 모 씨(40대)가 결국 숨졌다. 너무나 건강했던 노동자였기에, 장기 기증이라는 선행을 베풀고 갈 수 있었다.[104]

광주 금속가공제품 제조사업장 내 출하작업장에서 천장 크레인을 사용하여 강관제품을 화물차 적재함에 상차하던 중 떨어진 강관제품 다발에 화물차 기사(차주)가 깔려 사망.

2021년 5월 26일

군산 건물 외벽 도장공사 현장에서 고소작업대에 탑승하여 외벽 도장작업 중 작업대에서 10m 아래 바닥으로 떨어져 병원 이송 후 사망.

세종시 한 제지공장에서 50대 화물노동자 장 모 씨는 컨테이너 문을 열던 중 3백kg이 넘는 폐지 더미에 깔려 병원으로 옮겨졌지만 다음날 사망했습니다.[105]

광주광역시 서구 소재 건설 현장에서 사망한 상태의 재해자를 5층 계단실에서 발견. 전날(5.25)에 계단실 벽체면 처리작업을 단독으로 수행하던 재해자가 말비계에서 떨어진 후 발견될 때까지 방치돼 있었던 것으로 추정.

2021년 5월 27일 그리고 28일

인천 주택 재개발 정비사업 현장 내 굴착기로 흙막이 구간 되메우기 작업 중 하부에 위치하던 근로자가 낙석에 맞아 사망.

경남 함양 단독주택 공사 현장에서 데크플레이트 설치 중 떨어져서 사망.

2021년 5월 29일

공장에서 노동자가 설비에 끼여 숨지는 사고가 또 발생했습니다. 충남 아산시 배방읍의 한 자동차 부품 공장에서 작업 중이던 카자흐스탄 국적의 34살 A씨가 로봇 설비에 끼여 머리를 크게 다쳐 인근 병원으로 옮겨졌지만 숨졌습니다.[106]

홍천군 화천면 군도 16호선 공사 현장에서 작업 중 붕괴된 토사에 의해 40대 남성 A씨가 다쳐 인근 병원으로 옮겨졌으나 끝내 숨졌다. 카자흐스탄 국적인 A씨가 청각장애를 앓고 있었음에도 공사 현장에 투입돼 일을 하다 숨진 것으로 확인.[107]

2021년 5월 30일 그리고 31일

울산시 고려아연 온산제련소에서 컨테이너 청소작업을 하던 이 회사 소속 40대와 30대 근로자 2명이 쓰러졌다. 두 사람 모두 심폐소생술을 받으며 병원으로 이송됐으나 숨졌다. 소방당국은 이들이 재처리 공정 관련 컨테이너를 청소하던 중 유독 가스를 흡입해 질식한 것으로 추정하고 있다.[108]

전라남도 진도군 소재 농로 포장공사 현장 경사로에서 미끄러지는 콘크리트 믹서트럭에 재해자 끼여서 사망.

충북 음성 사업장 콘크리트 믹서기 내부 청소 중 믹서기 게이트에 끼여 사망.

경북 청도군 청도읍 신도리 국도 확장공사 현장에서 도로공사용 중장비인 롤러가 넘어졌다. 이 사고로 롤러를 운전 중이던 A씨가 숨졌다.[109]

2021년 6월 1일 그리고 2일

울산광역시 울주군 소재 사업장에서 청소작업 중 경사로에서 추락 사망.

충청남도 논산시 소재 개축공사 현장에서 보강토 설치구간 전면 하부굴착 및 원형배관 설치작업 중 보강토 붕괴로 매몰, 1명 사망, 1명 중상.

2일 오전 8시 55분쯤 경북 고령군 다산면 월드메르디앙 아파트 시공 현장에서 40대 작업 인부가 사망하는 사고가 발생했다. 이날 아파트 시공 현장 뒤편 오르막길에서 공사 장비가 미끄러지면서 A씨(44)가 장비에 깔려 숨진 것으로 알려졌다.[110]

경기도 안성의 철강제조업체에서 화물차 기사가 수백 킬로그램에 달하는 적재물에 깔려 숨지는 사고가 발생.[111]

2021년 6월 3일

경기도 평택시 소재 건설 현장에서 청소업무를 담당하던 재해자가 현장 내 차량 통행로를 횡단하기 위해 차량 통행로에 정차되어 있던 이동식 크레인과 덤프트럭 사이를 가로질러 나오다 그곳을 지나던 지게차에 깔려 사망.

3일 아침 7시 34분께 경기도 평택시 고덕면 삼성반도체 공장 건설 현장 안에서 도로를 주행하던 16톤급 지게차가 ㄱ씨(40대 후반)를 치었다. ㄱ씨는 시공사인 삼성물산 협력사(청소용역업체) 직원으로 알려졌으며, 현장 정리와 교통통제 근무에 투입됐다가 변을 당한 것으로 전해졌다.[112]

2021년 6월 4일

인천의 한 물류센터에서 50대 노동자가 10m 아래로 추락해 숨졌다. 경찰 조사에서 A씨는 사고 당시 안전모를 쓰고 있었으나 추락방지용 안전고리는 착용하지 않았던 것으로 확인됐다.[113]

인천시 서구 원창동 한 물류창고에서 25톤 화물차에 올라 작업을 하던 A씨(61)가 2m 아래 지상으로 떨어졌다. 이 사고로 A씨가 머리 등을 크게 다쳐 119구급대에 의해 인근 병원으로 옮겨졌으나 당일 오후 10시께 숨졌다.[114]

대구 건물 유리창 청소작업 현장에서 달비계를 타고 작업 중 로프가 끊어져 높이 약 8m에서 떨어져 사망.

2021년 6월 6일 그리고 7일

6일 부산 사하구 한 조선소에 정박 중인 선박 위에서 선장 A씨(40대)가 9m 아래 바닥으로 추락해 숨졌다. A씨는 다른 선원들과 선박이 한쪽으로 기울어지지 않게 지지대를 설치하던 중 지지대 판이 빠지면서 사고를 당한 것으로 알려졌다.[115]

강동구의 아파트 외벽에서 도색작업을 하던 60대 남성 A씨가 추락해 사망했다. A씨는 사고 당시 크레인을 탄 채 건물 4층 높이에서 작업하고 있던 것으로 알려졌다. A씨는 사고 후 출동한 소방에 의해 병원으로 이송됐으나 치료 도중 사망했다.[116]

서귀포 하자보수 공사 현장에서 작업발판을 밟고 이동 중 떨어져 사망.

2021년 6월 8일

전남 여수 국가산단 내 협력사 사무실 앞 도로에서 A씨(24)가 운전하던 외부 도시락 배달차량이 후진을 하던 중 B씨(52·여)를 치는 사고가 났다. 이 사고로 대기업 협력업체 근로자 B씨가 크게 다쳐 인근 병원으로 이송됐으나 숨졌다.[117]

지난 5일 포항 네이처이앤티(주) 소각로 고온 수증기 분출 사고로 전신 90%에 2~3도 화상을 입은 A씨(46)가 지난 8일 오후 목숨을 잃었다. 이 사고로 B씨는 전신 80%에 2~3도, C씨는 하반신에 2도 정도의 화상을 입었다. 현재 B씨의 상태도 위독.[118]

2021년 6월 9일 그리고 10일

강원 평창군의 한 리조트 워터파크에서 작업을 하던 A씨(60)가 2.5m 아래로 추락하는 사고가 발생했다. 이 사고로 A씨가 119구급대 등에 의해 인근 병원으로 옮겨졌으나 결국 숨졌다.[119]

강원도 평창군 소재 천장 도장공사 현장에서 안전난간 설치를 위해 작업발판에서 비계용 강관(길이 6m, 무게 10kg)을 단독으로 클램프에 결속하던 재해자가 무게중심을 잃고 기울어진 강관에 턱을 맞고 하부 바닥으로 떨어져 병원으로 이송되었으나 치료 중 사망.

천안 비금속 광물제품 제조공장 슬러지 처리장 내 지게차 포크 위에 있는 콘크리트 투입용 호퍼 물청소 중 지게차가 사면으로 미끄러지면서 백레스트와 호퍼 사이 끼여 사망.

경기도 수원 조립식 판넬 해체작업 위해 사다리 위에서 작업 중 추락 사망.

2021년 6월 11일 그리고 12일

평택제천고속도로 제천 방향 서안성 나들목 부근에서 트레일러 차량이 청소하기 위해 정차 중이던 도로유지 보수 업체 화물차를 들이받았다. 이 사고로 현장에서 작업하던 67살 근로자가 중상을 입어 병원으로 옮겨졌으나 숨졌다.[120]

세종특별자치시 소정면 소재 건설 현장에서 3차로의 기존 포장을 절삭하고 있던 장비 앞쪽에 위치하여 1·2차로에서 주행하는 차량을 향해 좌회전·직진을 유도하던 재해자가 재해자 뒤편 2차로에서 3차로 쪽으로 후진해 들어오던 폐기물 운반차량에 깔려 사망.

2021년 6월 13일 그리고 14일

충청북도 충주시 소재 건설 현장에서 지붕 패널 설치를 위한 사전 준비작업을 하던 재해자가 지붕 철골구조물에서 8m 아래 1층 바닥으로 떨어져 사망.

경기 평택시 진위면의 한 교량 토목공사 현장에서 3톤 무게의 철제 거푸집이 옆으로 넘어지면서 근처에 있던 50대 작업자 A씨가 깔렸다. A씨는 신고를 받고 출동한 소방대원에 의해 인근 병원으로 이송됐으나 숨을 거뒀다.[121]

경기 용인시 처인구 고림동에서 경사로를 오르던 3톤 화물차가 5m 아래 공터로 떨어졌다. 이 사고로 화물차 운전자 A씨(45)가 크게 다쳐 근처 병원으로 옮겨졌으나 숨졌다.[122]

2021년 6월 15일

홍천군 두촌면 장남리의 한 야산에서 벌목작업을 하던 인부가 나무에 깔리는 사고가 발생했다.이 사고로 해당 남성이 크게 다쳐 신고를 받고 출동한 소방헬기에 의해 인근 병원으로 옮겨졌지만 숨졌다.[123]

인천 서구의 한 상가 신축공사장에서 전기작업을 하던 60대 일용직 노동자가 숨졌다. 경찰은 '감전사'로 추정하고 있다.[124]

영천시 청통면에서 통신작업 중 전신주가 부러지면서 인부 A씨(50)를 덮쳤다. A씨는 긴급출동한 119구조대에 의해 인근 병원으로 옮겨졌지만 끝내 숨을 거뒀다.[125]

2021년 6월 16일

경기 광명시 광명동의 한 복합건축물 공사 현장에서 굴착기 작업 중 인근 건물의 벽돌담이 무너졌다. 담벼락이 무너지면서 근처에 있던 작업자 A씨(55)가 크게 다쳐 인근 병원으로 옮겨졌으나 숨졌다.[126]

경기 포천시 내촌면의 한 채석장에서 바위가 무너지면서 작업 중이던 60대 남성 A씨를 덮쳤다. A씨는 신고를 받고 출동한 소방대원에 의해 구조돼 심폐소생술을 받으며 병원으로 옮겨졌으나 사망했다.[127]

2021년 6월 17일 그리고 18일

부산시 중구 보수동의 한 오피스텔 공사 현장에서 타워크레인에 달려 있던 갈고리가 바닥으로 떨어지는 사고가 발생했습니다. 이 사고로 아래쪽에서 작업하고 있던 30대 노동자가 머리를 심하게 다쳐 인근 병원으로 옮겨졌지만, 숨졌습니다.[128]

부산광역시 중구 소재 건설 현장에서 무인 타워크레인을 조종하여 지상에 있던 철근을 8층으로 옮겨놓은 재해자가 가설울타리 외측면에 인양하고 남아 있던 철근을 보관하기 위해 방수포로 덮던 중 약 40m 높이에서 떨어진 타워크레인의 호이스팅 블록에 맞아 사망.

그제(16일) 발생한 충북 충주 사방댐 거푸집 붕괴 사고로 크게 다친 노동자 1명이 치료 도중 끝내 숨졌습니다. 충주경찰서에 따르면 사고 당시 무너진 거푸집에 깔려 병원으로 옮겨져 치료를 받던 55살 A씨가 숨졌습니다.[129]

2021년 6월 19일

쿠팡의 경기도 이천 덕평물류센터에서 지난 17일 불이 났을 때 건물 내부에 진입했다가 미처 빠져나오지 못한 소방관이 화재 발생 사흘째인 19일 끝내 숨진 채 발견됐다.[130]

경기도 화성시 소재 건설 현장에서 지상 2층 PC 슬래브 상부에 철근 배근작업을 하던 재해자가 넘어진 벽체 철근(길이 4.5m, 높이 11m, 무게 1톤) 더미에 깔려 병원으로 이송되었으나 사망.

경상남도 거제시 소재 건설 현장에서 소형 굴착기를 조종하여 벌개제근 등 작업을 완료한 후 버킷 안에 부속장비를 싣고 철수하려던 재해자가 좌측으로 회전하다 우측 1.5m 아래로 넘어진 굴착기에 깔려 병원으로 이송되었으나 사망.

2021년 6월 21일

인천에 있는 한 주물공장에서 수백kg에 달할 것으로 추정되는 철제 거푸집에 60대 근로자가 깔려 숨지는 사고가 발생했습니다.[131]

익산시 팔봉동 한 공장에서 지붕을 보수하던 A씨(50)가 6m 아래로 떨어지는 사고가 발생했다. 이 사고로 A씨는 의식과 호흡이 없는 상태로 병원으로 옮겨졌지만 사망했다.[132]

2021년 6월 22일 그리고 23일

전주시 완산구 효자동의 한 오피스텔 신축건설 현장에서 지지대 해체작업을 하던 근로자 A씨(60)가 10m 아래로 추락했다. A씨는 현장에서 사망한 것으로 알려졌다.[133]

청주 신축건물 공사 현장 시스템 동바리 수평재 위에서 전달받은 각관을 옮기던 중 약 8.5m 아래 콘크리트 바닥으로 추락 사망.

부산 건물 외벽 도장공사 현장에서 건물 외벽 도장작업을 위해 달비계를 타는 순간 줄이 풀어져 추락 사망.

통영 공사 현장에서 시저형 고소작업대가 전도되면서 추락 사망.

2021년 6월 25일 그리고 26일

과천의 태영건설 아파트 신축 현장에서 작업 중이던 근로자 1명이 공사 장비에 맞아 숨지는 사고가 발생했다. 이 현장에서는 지난 2월에도 사망사고가 발생한 바 있다.[134]

완주 골재채취 현장에서 지게차가 경사로를 내려오던 중 전복되면서 운전석을 이탈하다가 지게차에 깔려 사망.

김포 건물공사 현장에서 굴삭기 탑승하던 운전자가 조작 레버 건드려 버켓이 작업자 충돌 사망.

서울대 청소노동자 이 아무개 씨(59)는 지난달 26일 서울대 여학생 기숙사 청소노동자 휴게실에서 숨진 채 발견됐다.[135]

2021년 6월 27일 그리고 28일

지난 26일 발생한 부산 사하구 한 조선소 화장실 유독가스 누출 사고 사망자가 2명으로 늘었다. 이들은 모두 선박 전기설비 외주업체 직원이었다.[136]

28일 오후 2시 2분께 전북 전주시 완산구 평화동에서 맨홀 보수작업을 하던 A씨(53)가 폭우에 고립됐다. A씨는 신고를 받고 출동한 119구조대에 의해 심정지 상태로 구조됐으나 끝내 사망했다.[137]

산청 리모델링 공사 현장에서 천장자재 해체작업을 위해 설치한 말비계 위에서 작업 중 떨어져 사망.

2021년 6월 30일

어제 울산에서 발생했던 상가 화재를 진압하다가 화상을 입고 병원으로 이송된 20대 소방관이 순직했습니다.[138]

2021년 7월 2일

경북 경주시 보문관광단지에서 보문호 취수탑 수문 교체 작업에 투입된 60대 민간 잠수사가 수문으로 빨려 들어가 숨지는 사고가 발생. 6시간 30분이 지난 오후 4시 50분쯤 숨진 잠수사를 물 밖으로 인양했습니다.[139]

대구 섬유제품 제조사업장에서 재해자가 납품을 위해 화물용 승강기 3층에서 패딩솜을 내리던 중 승강기와 함께 1층으로 추락. 병원에서 치료를 받던 중 사망.

2021년 7월 3일 그리고 4일

칠곡 판넬 설치공사 현장에서 판넬공인 재해자가 2층 거더 위에서 판넬 설치를 위해 줄자로 실측하던 중 약 4m 아래로 추락 사망.

경기도 용인시 소재 사업장에서 이삿짐 리프트에 이삿짐과 함께 작업자가 탑승해서 올라가던 중, 이삿짐 운반구용 와이어로프가 파단되며 약 3층 높이에서 추락 사망.

해남 창호 코킹작업 현장에서 재해자가 A형 사다리에서 내려오던 중 계단참 난간과 내벽 사이로 떨어져 사망.

2021년 7월 5일

부산의 한 전기업체에서 화물용 승강기가 12m 아래로 추락하면서 승강기를 점검하던 20대 직원이 숨졌습니다. 회사에 입사한 지 1년 된, 초년생이었습니다.[140]

서울 중구의 한 공사장에서 50대 작업자가 낙하물에 맞아 숨졌다. 6일 서울 중부경찰서에 따르면 사고를 당한 작업자는 전날 오전 9시 20분께 공사장 위에서 떨어진 약 30cm 길이의 공구로 목 뒤를 맞은 뒤 병원으로 옮겨졌으나 사망했다.[141]

홍성군 소재 도소매 사업장에서 재해자가 야외 적재물 위에 올라가 우천 대비용 비닐덮개 설치 중 1.9m 아래 콘크리트 바닥으로 추락 사망.

2021년 7월 6일, 7일 그리고 8일

인천시 계양구 서운동 서운산업단지 내 공장 건물 신축 공사 현장에서 사다리차가 쓰러졌다. 이 사고로 사다리차 위에 있던 근로자인 A씨(43)가 숨지고 B씨(37)는 다리 등을 크게 다쳐 인근 병원으로 옮겨져 치료를 받고 있다.[142]

경기 시흥시 은행동의 한 전자부품 제조공장에서 고장난 화물용 리프트를 수리하던 40대 작업자 A씨(46)가 리프트 틈 사이에 끼여 숨졌다.[143]

전북 장수군에서 시추기를 옮기던 60대 화물차 운전사가 기계에 끼여 숨지는 사고가 발생했다.[144]

2021년 7월 9일

오토바이 운전자인 20대 남성 B씨가 머리 등을 다쳐 인근 병원으로 옮겨졌으나 숨졌다. B씨는 배달업체에 소속된 배달원으로 사고 당시 오토바이에는 음식물이 실려 있었던 것으로 파악됐다.[145]

부산 해운대구 재송동 한 내리막길에서 움직이는 1톤 화물차를 몸으로 막던 운전자가 버스정류소 철제 빔에 끼는 사고가 났다. 1톤 화물차는 음식물쓰레기차로 A씨가 하차해 작업하던 중 차량이 움직이면서 사고가 난 것으로 파악됐다.[146]

제주 소재 공사 현장에서 굴삭기 버킷에 부착된 후크에 로프를 연결하여 줄걸이 작업 중 굴삭기 버킷이 탈락되어 하부에서 작업 중이던 근로자가 깔려 사망.

부산 사하구 구평동 YK스틸 공장에서 재해자가 철근 다발을 묶어주는 장치가 작동하지 않아 점검하던 중 기계에 머리가 끼여 사망.[147]

음성 소재 금속가공제품 제조사업장에서 H-Beam을 홀 가공 드릴링머신에 세팅하고 머신 취출측으로 들어가 에어건으로 칩 제거 중 취출되는 H-Beam과 컨베이어 사이 끼여 사망.

2021년 7월 10일

공주시 의당면 한일시멘트 공주공장에서 하청업체인 D 산업 소속 직원 A씨(41)가 컨베이어 기계에 머리가 끼여 그 자리에서 숨졌다.[148]

강원도 평창군 대관령면 수하리 도로공사 현장에서 숏크리트를 타설한 비탈면의 들뜬 보강용 철망을 밀착하던 재해자가 60m 아래로 떨어져 사망.

2021년 7월 12일 그리고 13일

수원 전지작업 현장 내 재해자가 건물 외부 은행나무 가지를 자르기 위해 이동식 비계 2단 작업발판에서 전지가위를 사용하여 가지 절단작업 중 3.6m 아래로 추락 사망.

부산 기장군에 위치한 음식물 폐기물 처리업체에서 직원 2명이 지하 저장소에 빠지는 일이 발생했습니다. 이 사고로 직원 1명이 사망, 1명은 중상을 입었습니다.[149]

잇따른 산재사망 사고로 노동부의 특별근로감독을 받은 현대중공업에서 13일 사외 공사업체 소속 노동자 1명이 또 사망했다. 이 노동자는 당시 낡고 녹슨 강판 지붕을 새것으로 교체하는 작업을 하던 중 25m 높이에서 떨어졌다.[150]

서울 강서구 화곡동의 한 초등학교에서 작업 중이던 60대 남성 A씨가 감전사했다. 그는 학교 변전실 전기공사 도중 변을 당한 것으로 파악됐다.[151]

2021년 7월 14일, 15일 그리고 16일

경북 포항에서 KT의 하청업체 노동자가 작업을 하다가 400kg이 넘는 케이블드럼에 깔려 숨졌다.[152]

안양 건물 리모델링 공사 현장 내 재해자가 건물 외벽 도장작업 전 색 표시용 마스킹테이프 부착 중 고소작업차 작업대 측면 단부에서 바닥으로 추락 사망.

경기도 양주시 소재 공사 현장에서 야외에서 자재 운반 작업 중 쓰러진 후 사망.[153]

포천 철강제조 사업장 내 신선기 작업 중 재해자가 고회전하는 드럼과 외측 프레임 사이에 말려 들어가 사망.

2021년 7월 17일 그리고 18일

사천시 사남면 한 공장에서 노동자 A씨(56)가 파이프에 깔리는 사고가 발생했다. A씨는 병원으로 이송됐으나 4시간여 만에 숨졌다.[154]

밀양시 부북면 한 공장에서 노동자 B씨(49)가 그라인더 날에 목을 다쳐 현장에서 숨졌다.[155]

예산 토목공사 현장 내에서 나무 전지작업 중이던 재해자가 잘린 나무에 머리 맞아 사망.

2021년 7월 20일 그리고 22일

충청남도 천안시 소재 건설 현장에서 안전모와 안전대를 착용하지 않고 붐(Boom)형 고소작업대에 탑승하여 교량 도장작업을 하던 재해자가 약 5m 아래 바닥으로 떨어져 병원으로 이송되었으나 사망.

울산 제조 현장 내 탱크로리 지입차주가 제품을 로딩한 후 쿨다운 작업을 위해 이동하여 작업 중 탱크로리에서 사망된 채로 발견.

수서 역세권 아파트 건설 현장에서 일하던 68세 건설 노동자가 작업 중 사망. 며칠간 이어진 폭염 속에서 야외공사가 계속되는 상황에서 발생한 사고라 온열질환을 의심하고 있다. 유족의 동의를 얻어 부검할 예정.[156]

2021년 7월 23일

대전 주택공사 현장 내 우수배관 설비 마감작업을 마치고 비계 기둥을 타고 내려오던 재해자가 추락 사망.

김해 건설 현장 내 지붕철골 트러스 작업 중이던 재해자가 추락 사망.

부산 기계제조 현장 내 구조물 상차작업 중 클램프가 해체되어 하부에서 작업 중이던 재해자가 깔려서 사망.

인천 제조사업장 내 지게차로 각재 상차작업 중 각재 묶음이 떨어져 화물차 위에서 작업 중이던 재해자가 깔려서 사망.

강원도 원주의 한 골재 채취장에서 원석을 운반하던 중장비가 50m 절벽 아래로 떨어졌습니다. 이 사고로 60대 중장비 운전자가 현장에서 숨졌습니다.[157]

2021년 7월 24일

경기도 화성시 소재 전지작업 현장에서 고소작업차를 활용하여 소나무 전지작업 중 고소작업차로 작업이 불가능한 부분에서 직접 소나무로 올라가 전지작업을 수행하였고, 고소작업차 박스로 이동 중 8.2m 아래로 추락 사망.

부산광역시 소재 건물 외벽 도장작업 현장에서 달비계를 이용하여 작업을 하던 중 떨어지는 스프레이건에 맞아 1층 바닥으로 추락 사망.

2021년 7월 25일 그리고 26일

22일 오전 11시 45분께 양주시 덕계동의 한 아파트 신축 건설 현장에서 근로자 박 모 씨(51)가 약 20층 높이에서 떨어진 2m짜리 철근에 머리를 찔리는 상처를 입었다. 중환자실에서 치료를 받던 박 씨는 사흘 만인 25일 오전 1시 25분께 숨졌다.[158]

납기일을 맞추려고 18시간 연속 근무하던 30대 이주노동자가 압축기에 머리가 끼여 숨졌다.[159]

오전 8시 20분께 영암군 삼호읍 한 조선소에서 50대 중반 여성노동자 A씨가 의식을 잃고 쓰러져 있는 것을 동료가 발견했다. 의료진은 당일 오전 9시께 사망 판정을 내렸다.[160]

인천 폭염경보 7일째 건설 현장 50대 노동자 숨져.[161]

2021년 7월 27일 그리고 28일

경상북도 의성군 소재 주택 리모델링 공사 현장에서 벽체 철거작업 중 붕괴되어 매몰 사망.

전라북도 부안군 소재 화학제품 제조공장에서 천장크레인(2.8톤)으로 원료 톤백(1톤)을 호퍼 투입구 상부에 있는 톤백 거치대 위로 올린 상태에서 작업 중 톤백 고리가 끊어지면서 낙하, 재해자가 톤백과 톤백 거치대 사이에 머리 끼여 사망.

전남 곡성군 석곡면에서 전기공사 중이던 20대 청년이 감전으로 추정되는 사고로 목숨을 잃었다.[162]

2021년 7월 29일

포천 건설폐기물 관리 사업장에서 재해자가 청소 중 컨베이어 리턴 부위에 끼여 사망.

김해 석면 해체공사 현장에서 재해자가 지붕 슬레이트 제거작업 중 슬레이트 지붕 파손으로 추락 사망.

경기 포천시의 한 폐기물 처리업체에서 우즈베키스탄 국적 근로자 A씨(24·남)가 파쇄기에 끼여 숨지는 사고가 났다.[163]

경산시 알루미늄 제조 사업장 내 알루미늄 프로파일 제조 공정에서 작업 중이던 재해자가 압출기 이송용 풀러에 부딪혀 사망.

2021년 7월 31일

남양주시 전기공사 현장 내에서 재해자가 기계식 곤돌라 모터 및 작동기 수지작업 중 탑승한 곤돌라와 함께 약 2.5m 아래로 추락 사망.

2021년 8월 2일, 3일 그리고 4일

7월 24일 충청북도 진천군 소재 건설 현장에서 안전대 부착설비가 설치되지 않은 가조립된 철골 보 상부로 올라간 재해자가 거더 연결부에서 이탈한 보로 인해 중심을 잃고 약 7m 아래 바닥으로 추락 후 병원으로 이송되었으나 치료 중 8월 2일 사망.

단양 폐기물 적재작업 현장 내에서 재해자가 2.5m 높이의 암롤박스 위에 올라가 적재량을 확인하던 중 바닥으로 추락 사망.

경북 봉화의 한 고등학교 건물에서 청소를 하던 60대 여성근로자가 추락해 숨졌다.[164]

전남 여수국가산업단지 한 석유화학공장에서 감전사고가 발생해 작업 중이던 직원이 숨졌다.[165]

2021년 8월 5일

경기도 고양시 오금동의 한 아파트 공사 현장에서 현장 노동자 63살 A씨가 공사 현장에서 작업 중이던 굴삭기 앞 부분과 충돌해 크게 다쳤습니다. 119구급대가 현장에 출동 했지만, A씨는 이미 숨진 상태였던 것으로 알려졌습니다.[166]

전남 여수시 묘도동 한 매립지 공사 현장에서 운행 중인 불도저에 작업자 A씨(63)가 깔렸다. 이 사고로 크게 다친 A 씨가 병원으로 옮겨졌으나 숨졌다.[167]

여수국가산업단지 내 LG화학 공장에서 30대 노동자가 고압 전류에 감전돼 사망하는 사고가 발생했다.[168]

구미 전기증설 현장 내 비탈길에 세워진 고소작업차 아래에서 재해자가 휴식을 취하던 중 고소작업차가 갑자기 미끄러져 내려오면서 이에 깔려 사망.

2021년 8월 6일

제주 주택공사 현장 내에서 재해자가 승강통로가 설치되어 있지 않은 비계에서 내려오던 중 약 7.8m 높이에서 바닥으로 추락, 이송 후 치료 중 사망.

서울 중구 소공동 한국은행 통합별관 건축 공사장에서 50대 노동자가 철근 더미에 깔려 숨졌다.[169]

2021년 8월 7일 그리고 8일

천안 공동주택 공사 현장 내 시저형 고소작업대 위에서 철근 다발을 고소작업대 측면에 기대어 기둥 철근 배근작업 중 고소작업대가 근로자와 함께 넘어져, 병원 이송 후 응급수술 중 사망.

고양 공동주택 공사 현장 내 재해자가 A형 사다리 위에서 천장에 설치된 가설전등 보수작업 중 감전 후 추락하여 사망.

태안군 개인공사 현장에서 진동롤러로 재해자가 다짐작업 중 옹벽과 충돌하여 옹벽 하부로 추락 사망.

안성 상가공사 현장에서 재해자가 비계 수직재 해체작업 중 바닥으로 추락 사망.

지난 7일 여수산단에서 탱크로리 수리작업을 하던 중 폭발로 부상을 입었던 근로자가 사망했다.[170]

2021년 8월 9일 그리고 10일

인천광역시 부평구 소재 건설 현장에서 이동식 크레인으로 인양된 일명 캣헤드를 조립한 뒤 사다리를 타고 캣헤드 상부로 올라가 슬링벨트를 푼 재해자가 사다리를 타고 내려오다 카운터 지브 밖으로 미끄러지면서 약 20m 아래 바닥으로 추락, 병원 이송 후 사망.

인천 제조업장 내에서 재해자가 제품 검수작업 중 갑자기 앞으로 쓰러져서 사망.

정읍 리모델링 공사 현장 내 캐노피 상부에서 자재 인양 중이던 재해자가 높이 4m 아래로 추락 사망.

2021년 8월 11일

진주 제조사업장에서 잔여물 제거 물청소 작업 중이던 재해자가 설비의 정상 작동 유무를 점검하다가 감전 사망.

상주시 화북면 소재 공사장에서 크레인이 철근 이동작업 중 근로자 A씨(74)가 철근에 깔리는 사고가 발생해 인근 병원으로 이송됐으나 끝내 숨졌다.[171]

충청북도 청주시 소재 레이저 재단 공정에서 레이저 재단기(3차 이재기)에서 적재대 부근에 있던 재해자의 방진복이 자동운전 중이던 이재기에 끼임, 사망.

부산 조적벽 철거공사 현장 내 조적벽 철거작업 중이던 재해자가 무너진 벽체 일부에 깔려 사망.

2021년 8월 12일

남양주 지붕판넬 교체작업 현장 내 재해자가 지붕 위에서 이동 중 투명 채광창을 밟아 채광창이 탈락하면서 추락 사망.

경상북도 포항시 소재 합금철 제조업 공장에서 재해자가 저녁식사 후 작업 장소로 이동 중 덤프트럭에 부딪혀 사망.

서울 건물철거 현장 내 철거폐기물 더미 상부에서 살수작업을 하던 재해자가 후진하는 굴착기에 깔려 사망.

2021년 8월 16일 그리고 17일

포천시 군내면의 한 신축공사 현장에서 60대 남성근로자 A씨가 비계발판 설치 등의 작업을 하던 중 추락했다. A씨는 심폐소생술을 받으며 병원으로 옮겨졌지만 결국 숨졌다.[172]

평택 소재 제지공장에서 파이프 보온작업을 하던 재해자가 원자재 투입구(개구부)에 설치되어 있던 덮개를 닫는 순간 6.6m 높이에서 떨어져 사망.

양평 소재 공사 현장에서 재해자가 지상 3층 건물 내부에서 외부 비계로 넘어가던 중 건물과 비계 사이 틈새로 추락하여 사망.

2021년 8월 18일 그리고 19일

부산 제조사업장 내 압축기 주변 철 스크랩 제거 중이던 재해자가 작동 중인 압축기에 끼여 사망.

울산 공장 내 자재 하차장에서 하차작업 중 파레트에서 이탈된 자재를 정리하던 재해자가 미끄러지면서 리프트와 계단 사이 끼여 사망.

성주 주택 지붕 누수공사 현장에서 판넬지붕 위에서 방수시트를 설치하던 재해자가 미끄러지면서 4m 아래로 떨어져 사망.

2021년 8월 20일

창원시 한 중공업체에서 직원 A씨(46)가 풍력발전기 제품을 점검하고 사다리에서 내려오다 6m 아래로 추락했다. A씨는 병원으로 이송돼 치료를 받다가 숨졌다.[173]

김해 고철 하역작업 현장 내 25톤 화물차에서 고철을 굴삭기로 싣는 작업 재해자가 후진하는 굴삭기와 화물차 후면에 끼여 사망.

전남 순천시 해룡면 한 도로공사 현장 인근에서 신호수 역할을 하던 60대 남성이 후진하던 5톤 트럭에 치였다. 사고를 목격한 장흥소방서 소속 공무원이 구급대가 출동할 때까지 심폐소생술을 실시했지만 끝내 숨졌다.[174]

전라남도 순천시 소재 도로 재포장 공사 현장에서 로드커터를 유도하던 재해자가 후진하는 25톤 덤프트럭에 부딪혀 사망.

2021년 8월 22일

지난 20일 충남 당진화력발전소 석탄 운반선에서 발생한 가스 누출 사고로 부상을 입었던 노동자 4명 중 1명이 지난 22일 사망한 것으로 확인됐다.[175]

2021년 8월 24일 그리고 25일

대구광역시 소재 다이캐스팅기 내부에서 이형제 스프레이 작동 유무 등을 점검 중이던 재해자가 고정금형과 가동금형사이에 머리가 끼여 사망.

고양시 소재 전기공사 현장에서 변압기 수리작업 중이던 재해자가 작업발판 위에서 추락 사망.

2021년 8월 26일 그리고 27일

천안시 소재 공사 현장에서 주택 2층 발코니 청소작업 중이던 재해자가 건물 외부 바닥으로 추락 사망.

경기도 오산시 소재 건설 현장에서 이동식 크레인으로 7층 PC 슬래브 위로 올라가 인양줄을 푸는 작업을 하던 재해자가 거더에서 이탈해 떨어진 PC 슬래브와 함께 아래층 바닥으로 떨어져 병원으로 이송되었으나 사망.

화성시 소재 공사 현장에서 스티로폼 조각 3개(높이 약 27cm)를 겹쳐 발판 삼아 작업하던 재해자가 스티로폼 조각이 미끄러지면서 E/V 개구부로 추락 사망.

경주 전공작업 현장에서 전신주에 승강하여 전기 케이블 배선작업 중이던 재해자가 6m 아래 지상 바닥으로 추락 사망.

2021년 8월 29일, 30일 그리고 31일

부산 서구 동아대학교병원 지하 1층 승강기에서 철판 제거를 위해 절단작업을 하던 60대 A씨가 6m 아래인 지하 2층으로 추락 사망.[176]

정읍 공장 신축공사 현장 내 사다리에서 창호 보수작업(행거 도어 실리콘 작업) 중이던 재해자가 추락 사망.

밀양 공장 신축공사 현장에서 데크플레이트 설치를 위해 철골 위를 이동 중이던 재해자가 7m 아래 바닥으로 추락 사망.

부산 소재 공사 현장에서 재해자가 덤프트럭 적재함을 올리고 정비하던 중 유압 저하로 적재함이 하강하여 목이 끼여 사망.

2021년 9월 1일 그리고 2일

하동 소재 제조사업장에서 컨베이어 주변 청소작업 중이던 재해자가 컨베이어에 둔부가 끼여 사망.

경주 소재 제조사업장에서 천장크레인을 이용하여 원료호퍼에 원료 투입작업 중이던 재해자가 인양되어 있던 톤백과 원료호퍼 상부에 머리가 끼여 사망.

2021년 9월 3일

인천 소재 아파트 외벽 재도장 작업 현장에서 재도장을 위해 옥탑지붕 상부에서 작업 준비 중이던 재해자가 지면 아래로 추락 사망.

김해 소재 제조사업장에서 용접로봇 용접팁 교체작업 중이던 재해자가 로봇이 작동되어 끼여 사망.

포항 소재 지붕 칼라강판 설치공사 현장에서 지붕 위에서 해당 작업 준비 중이던 재해자가 콘크리트 바닥으로 추락 사망.

경북 칠곡군 한 목재공장에서 목재를 운반하던 화물운송 노동자가 목재 더미에 깔려 숨지는 사고가 발생했다.[177]

2021년 9월 4일

광주 소재 주상복합 공사 현장에서 벽체 거푸집 조립작업 중이던 재해자가 바닥으로 추락 사망.

양평 전원주택 신축공사 현장 내 외부비계 2단 작업발판에서 외벽 단열재 간 접합부 우레탄 폼 충진작업 중이던 재해자가 구조물과 비계 사이 약 30cm 틈새 공간으로 추락 사망.

2021년 9월 5일

동해 공사 현장 내 토사를 덤프 적재함에서 내리는 과정에서 운전자가 굴착기에 부딪히면서 덤프 적재함 사이 끼여 사망.

서울특별시 소재 주유소 도색작업 현장에서 캐노피 상부 도색 부위 점검 중이던 재해자가 강화유리가 깨져 추락 사망.

전라남도 보성군 소재 풀베기 작업 현장에서 예초기로 풀베기 작업 중이던 재해자가 벌에 쏘여 사망.

2021년 9월 6일, 7일 그리고 8일

경기도 군포시 소재 복합시설 신축공사 현장에서 세대의 도시가스 부속재(과승압방지밸브) 인입작업을 위해 리프트에 탑승하여 42층 이상으로 이동하던 재해자가 리프트 출입구 쪽에서 안전문을 열고 작업 준비 중 추락 사망.

성주시 소재 천장크레인 점검작업 현장에서 건물 외부 설치 천장크레인 하부설비 지붕위에서 크레인 점검 중이던 재해자가 추락 사망.

경기 의정부시 용현동의 한 상수도공사 현장에서 약 3톤 무게의 바위가 굴러떨어져 작업 중이던 근로자들을 덮쳤다. 이 사고로 근로자 2명이 다쳐 병원으로 옮겨졌는데, 이 중 1명이 치료를 받다 결국 숨졌다.[178]

서울 구로구 구로동의 한 아파트 20층에서 외벽 청소를 하던 20대 남성이 추락해 숨지는 사고가 발생했다.[179]

2021년 9월 9일

또다시 일터에서 노동자가 추락해 숨졌습니다. 지하철역 근처 환풍구에서 작업을 하던 20대 노동자입니다. 현장에는 A씨를 비롯한 시공업체 직원 5명이 있었는데, 그 가운데 A씨의 아버지도 있었던 것으로 알려졌습니다.[180]

쌍용자동차 평택공장 안 CDQ차체공장에서 50대 보전요원 A씨가 설비점검 중 2층 높이에서 추락했다. 사고 이후 구급대가 아주대병원으로 이송했지만 과다출혈로 사망했다.[181]

경남 창원의 한 업체에서 공사 도중 노동자 1명이 매몰돼 숨지는 사고가 발생했다.[182]

부산시 소재 공사 현장에서 발코니 바닥마감용 모래를 옮기던 재해자가 발코니 단부에서 지상 바닥으로 추락 사망.

2021년 9월 10일 그리고 11일

경기도 이천시 백사면에 있는 한 물류창고 건설 현장에서 노동자 A씨(25, 중국 동포)가 20m 높이에서 추락하는 사고가 났습니다. A씨는 인근 병원으로 옮겨졌으나 결국 숨졌습니다.[183]

홍성군 소재 제조 현장에서 천장 마감작업 중 재해자가 사다리에서 추락 사망.

서울시 소재 복합시설 신축공사 현장에서 이동식 비계 2단에서 작업 중이던 재해자가 이동식 비계와 같이 전도되어 추락 사망.

2021년 9월 13일

진천 화학공장 야적장에서 지게차 운전자가 지게차 마스트를 올린 상태로 후진 중 지게차가 넘어지면서 깔려 병원으로 이송된 후 사망.

인제군 상남면 상남리 한 잣농장에서 잣을 채취하던 중국 국적 30대 근로자가 숨진 채 발견됐다. 경찰은 사인을 감전사로 보고 수사 중이다.[184]

거제 공사 현장 내 철골작업 현장에서 3.4m 높이 철골 빔에서 볼트를 조이던 재해자가 추락 사망.

2021년 9월 14일

지난달 28일 경북 상주시 함창농공단지 한 공장에서 발생한 화재로 화상을 입고 입원 치료를 받아온 근로자 1명이 숨져 관련 사망자는 3명으로 늘었다.[185]

시흥시 은행동의 하천 제방공사 현장에서 화물차에 실려 있던 콘크리트 자재가 떨어지면서 근처에 있던 화물차 운전기사 A씨(60대)가 깔렸다. A씨는 인근 병원으로 옮겨졌으나 숨졌다.[186]

창원 공장 내 도장 공정에서 작업 간 이동을 위해 도보로 이동 중이던 재해자가 지게차와 부딪혀 사망.

전라북도 장수군 소재 공사 현장에서 덤프트럭 운전원이 아스콘 하역 후 덤프트럭 후면 아스콘 잔재물을 정리하던 재해자가 후진하던 스키드로더와 덤프트럭 적재함 사이에 끼여 사망.

서울특별시 소재 전주 통신공사 현장에서 고소작업대를

사용한 전주 통신공사를 하기 위해 붐대를 올려 작업을 준비하던 재해자가 2.5톤 폐기물 수집운반 차량이 붐대를 충격하여 고소작업대 버킷에서 추락 사망.

2021년 9월 15일, 16일 그리고 17일

세종 군부대 내 지붕 방수공사 현장에서 작업 중이던 재해자가 6m 아래로 추락 사망.

경기 시흥시 신천동의 4층짜리 상가건물 리모델링 공사 현장에서 작업하던 A씨(50대)가 3층 높이에서 떨어졌다. A씨는 신고를 받고 출동한 구급대원에 의해 병원으로 옮겨졌지만 끝내 숨졌다.[187]

경기 화성시의 한 아파트 신축 현장에서 창틀 미장작업을 하던 50대가 난간에서 추락해 숨졌습니다.[188]

2021년 9월 23일 그리고 24일

전라남도 신안군 소재 전주공사 현장에서 전주가 쌓여있는 야적장에서 이동식 크레인을 이용하여 전주를 정리하던 중 전주를 인양하던 와이어로프가 파단되면서 운전석 밖으로 나와 있던 굴삭기 운전원이 떨어지는 전주에 깔려 사망.

경상남도 밀양시 소재 금속제조업 공장에서 작업 중이던 재해자가 조형기 턴테이블 실린더에 머리를 부딪혀 사망.

강원도 양양군 소재 벌목작업 중이던 재해자가 넘어지는 나무를 피하려다 옹벽 아래로 추락 사망.

2021년 9월 26일

울산시 남구 옥동 한 실내수영장 지하 1층 전기실에서 노후 변압기 교체작업을 하던 A씨(65), B씨(54)가 변압기에 깔리는 사고가 발생했다. 이 사고로 A씨가 크게 다쳐 인근 병원으로 옮겨졌으나 숨졌다.[189]

세종시 소재 공사 현장에서 작업 중이던 재해자가 선회하는 굴착기의 카운터 웨이트와 블레이드 사이에 끼여 사망.

울산 소재 변압기 교체공사 중 변압기(2톤)가 전도되면서 근로자 2명 깔려 1명 사망, 1명 부상.

2021년 9월 27일 그리고 28일

인천 소재 외부 유리창 청소 현장에서 옥상에서 외줄걸이한 상태에서 외부 유리창 청소작업을 하던 중이던 재해자가 1층 바닥으로 추락 사망.

광양 소재 항만시설에서 작업 중이던 재해자가 세차장으로 진입 중인 트레일러에 깔려 사망.

서울 성동구 성수동의 한 레미콘공장에서 작업 중이던 60대 남성이 트럭에 치여 숨지는 사고가 발생했다.[190]

고객의 집에서 세탁기를 수리하던 삼성전자서비스 노동자가 감전돼 숨지는 사고가 발생했다.[191]

2021년 9월 30일

현대중공업에서 또 한 명의 노동자가 작업 중 숨졌습니다. 초대형 포클레인에 치인 건데, 현대중공업에서 올해만 네 번째 사망사고이자 다섯 번째 중대재해 사고입니다.[192]

2021년 10월 1일 그리고 4일

영월 도로 간판 유지보수 작업 현장에서 1톤 트럭에 설치된 고소작업대에 탑승하여 작업 중이던 재해자가 운반구와 접속부가 파단되면서 6~7m아래로 추락 사망.

상주 건물 지붕 차광망 설치작업 현장에서 지붕 위에서 작업 중이던 재해자가 밟고 있던 선라이트가 파손되면서 바닥으로 추락 사망.

효성중공업 경남 창원 한 공장에서 크레인으로 들어 올린 700kg 무게 중량물이 1.2m 높이 아래로 추락하면서 작업자 1명이 깔려 숨졌다.[193]

경기도 성남시 수정구 남한산성 순환도로 터널공사 현장에서 60대 근로자 양 모 씨가 쇠줄로 된 포크레인 와이어에 맞아 숨졌습니다.[194]

2021년 10월 6일

전라북도 김제시 소재 공사 현장 내에서 장비 이동 중 콤프레셔 차량과 교행이 어려워 차량의 후진을 위해 탑승하던 노동자가 장비 시야의 사각으로 차량과 장비 사이에 끼여 사망.

서울특별시 소재 재건축 공사 현장 내에서 말비계 위에서 천장부 콘크리트 할석작업 중이던 재해자가 떨어지는 콘크리트에 안면부를 맞으며 함께 추락 사망.

현장 실습을 나간 특성화고등학교 3학년 학생이 열흘 만에 해당 사업장에서 사고로 사망했다. '현장실습계획서'에는 요트에 탑승한 관광객 안내 등의 업무를 배운다고 돼 있었지만 실제로는 위험한 잠수작업을 하다 숨진 것으로 드러났다.[195]

2021년 10월 7일

포스코 포항제철소에서 자전거와 덤프트럭이 충돌해 자전거를 타고 가던 근로자가 숨졌다. 포항제철소에서는 지난해 12월 23일에도 오토바이를 타고 출근하던 협력업체 소속 근로자 1명이 제철소 내 도로에서 25톤 덤프트럭과 충돌해 숨졌다.[196]

2021년 10월 8일

전라북도 전주시 소재 제조업 공장 내에서 3톤 지게차 2대로 25톤 윙바디 화물차량에 실린 폐지 압축물을 하역작업 중 폐지 압축물(약 800kg)이 떨어지면서 화물차량 주변에 있던 화물차 운전자가 깔려 사망.

울진 공사 현장에서 굴착기에 방호매트를 걸어 인양작업 중이던 재해자가 굴착기가 전도되면서 굴착기에 깔려 사망.

인천시 서구 석남동 한 전자부품 공장에서 근로자 A씨(50)가 의식을 잃고 800리터짜리 수조 안쪽으로 쓰러져 있는 것을 동료 근로자가 발견해 신고했다. A씨는 119구급대에 의해 병원으로 옮겨져 치료를 받았으나 이날 새벽 숨졌다.[197]

안산 공장 내 설비배관 설치작업 현장에서 천장 내부에서 거리 실측을 위해 이동 중 개구부를 밟아 5m 아래로 추락 사망.

2021년 10월 9일 그리고 12일

오산 빌딩 신축공사 현장 내 윈치로 중량물을 인양하던 중 윈치 고장으로 중량물이 떨어져 하부에 있던 재해자가 맞아 사망.

제주 소재 수산물사업장에서 작업장 내 이동 중이던 재해자가 지게차에 부딪쳐 사망.

인천의 한 신축공사장에서 작업 중이던 50대 근로자가 15m 아래로 추락해 숨졌다.[198]

군포시 소재 제조공장에서 일반작업용 리프트 고장으로 점검 중이던 재해자가 운반구 상부로 추락하여 사망.

상주 소재 사업장 청소작업 중이던 재해자가 사무용 의자 좌판 위에서 빗자루를 이용하여 천장의 거미줄을 제거하던 중 몸의 중심을 잃고 의자와 함께 넘어져 사망.

2021년 10월 13일

음성군 소재 공사 현장에서 화물트럭 적재함에서 렌탈장비를 내리기 위해 고소작업자가 렌탈장비에 탑승하여 경사진 화물트럭 적재함에서 바닥으로 이동하던 중 렌탈장비 바퀴가 적재함에서 이탈하며 전도되어 탑승작업자가 인접 기둥에 머리를 부딪혀 사망.

보령 소재 제조공장에서 PVC데코타일 생산을 위해 합지공정으로 공급할 원단 교체작업 중이던 재해자가 원단과 롤러 사이에 끼여 사망.

수원 소재 공사 현장에서 콘크리트 다짐작업 중이던 재해자가 넘어지면서 철근에 찔려 사망.

2021년 10월 14일 그리고 15일

경기 남양주시 진접읍의 한 아파트 공사 현장에서 타워 크레인 높이를 조정하는 작업 중 부품과 함께 근로자가 추락하는 사고가 발생했다.[199]

경북 영천 소재 지붕 보수공사 현장에서 지붕 위에서 이동 중이던 재해자가 노후된 지붕(칼라강판)이 파손되어 추락 사망.

옥천 태풍 피해목 제거작업 현장에서 피해목 잔가지를 절단하던 중이던 재해자가 휘어져 떨어지는 큰 가지에 맞아 사망.

창원 지붕판넬 작업 현장 내 철골기둥 사이 홈을 밟고 내려오던 재해자가 약 4m 아래로 추락 후 치료 중 사망.

부천 가로등 교체공사 현장에서 고소작업대 탑승하여 가로등 교체작업 중이던 재해자가 교각과 고소작업대 사이 끼여 사망.

2021년 10월 16일 그리고 17일

청주 슬레이트 철거공사 현장에서 슬레이트 해체를 위해 경사진 지붕 위를 이동 중이던 재해자가 슬레이트가 파단되어 추락 사망.

완주 캐노피 설치공사 현장에서 건설자재를 이동하던 재해자가 철판자재 더미 위로 넘어져 허벅지 베여 사망.

김포 변압기 오일 교체작업 현장에서 작업 후 공장 지붕 위에서 이동 중이던 재해자가 추락 사망.

2021년 10월 18일, 19일 그리고 20일

18일 서울 강남구 역삼동의 한 건물 지상 5층 높이에서 신축공사를 하던 60대 작업자가 추락해 사망하는 사고가 발생했다.[200]

횡성 저압전선로 신규작업 현장에서 비탈길에 서 있던 고소작업 차량이 비탈 아래로 불시 움직여 재해자가 차량과 옹벽 사이 끼여 사망.

삼성물산이 시공 중인 경기 평택시 고덕면 삼성 평택캠퍼스 공사 현장에서 펌프카 운전자 A씨(54)가 펌프카에 연결된 배관에 맞아 숨지는 사고가 발생했다.[201]

김포 소재 제조사업장에서 유압프레스 시운전 중이던 재해자가 압력에 의해 튀어 날아온 볼트에 맞아 사망.

한국지엠 보령공장에서 근로자 1명이 장비운반기계에 끼여 숨졌다.[202]

2021년 10월 22일 그리고 23일

경기도 시흥의 한 금형 제조공장에서 40대 노동자가 수리 중이던 기계에 끼여 숨지는 사고가 발생.[203]

인천 소재 공사 현장에서 가설휀스 철거를 위해 H형강을 절단하던 재해자가 깔려서 사망.

광양 컨테이너 부두 내에서 작업장 내 이동 중이던 재해자가 야드 트랙터(차량계 하역운반기계)에 부딪혀 사망.

서울의 한 신축공사 현장에서 가스가 누출되는 사고가 발생했습니다. 현재까지 작업자 2명이 숨지고 18명이 중경상을 입었습니다. 심정지 상태의 작업자들이 있어 사망자가 더 늘 수도 있습니다.(10월 24일 추가 1명 사망)[204]

여수 호텔 네온사인 하자보수 공사 현장에서 달비계로 실란트 작업 중이던 재해자가 줄이 끊어지면서 37m 아래 바닥으로 추락 사망.

2021년 10월 25일

안성 소재 창고 대수선 공사 현장에서 지붕판넬 철거작업 중이던 재해자가 절단 및 고정볼트가 해체된 지붕판넬을 밟아 추락 사망.

2021년 10월 26일 그리고 27일

전북 부안군 새만금 남북도로 공사 현장에서 60대 노동자가 25m 높이에서 바닥으로 떨어졌습니다. 추락 이후 병원으로 옮겨졌지만 숨졌습니다.[205]

거창 채석 현장에서 착암기 작업 중이던 재해자가 상부에서 떨어진 암석에 맞아 사망.

강원 영월의 한 광산에서 낙석에 광부가 사망하는 사고가 발생했다.[206]

경남 창원시 성산구 웅남동 소재 대원강업 창원1공장에서 중대재해가 발생했다. 창원중부경찰서, 창원고용노동지청 등에 따르면, 27일 오전 9시경 노동자가 기계에 협착되었고 병원에 후송되었으나 사망했다.[207]

2021년 10월 29일 그리고 31일

김포 소재 CIP케이싱 내 콘크리트 타설작업 중 굴착기 버킷을 거꾸로 고정하여 타설 중 버킷이 탈락하여 하부에서 작업 중이던 재해자가 맞아 사망.

신안 소재 공사 현장에서 항타기 리더에 올라가 오거 조립작업 중이던 재해자가 추락 사망.

강원도 화천군 소재 폐기물 처리업 공장 내에서 차량의 유압 실린더 고장으로 적재함이 상승하지 않자 압축장치를 올린 후 작업 중이던 재해자가 갑자기 압축장치가 불시하강하여 몸이 끼여 사망.

부산 사상구 학장동 한 공업사에서 용접작업을 하던 50대 A씨가 독성물질인 수산화나트륨이 담긴 중화조 아래로 떨어져 숨졌다.[208]

화성시 집진기 해체공사 현장에서 집진기의 사다리 울등 분리작업 중이던 재해자가 약 2m 아래로 추락 사망.

2021년 11월 1일 그리고 4일

경기도 화성시 소재 폐기물 처리업 공장 내에서 동료 작업자와 함께 컨베이어에서 이물질 선별작업을 하던 중이던 재해자가 컨베이어 하단으로 이물질을 청소하기 위해 내려갔으나 컨베이어 롤러에 끼여 사망.

경기 화성시 남양읍에 있는 폐기물 수집업체에서 터키 국적인 20대 근로자 A씨가 기계에 껴 숨졌다.[209]

강원 삼척시 도계읍 점리의 한 야산에서 임도를 오르던 10톤 규모 레미콘 적재 트럭이 7m 아래로 추락했다. 이 사고로 레미콘 차량 운전자 A씨(64)가 그 자리에서 숨졌다.[210]

당진시 상수도 공사 현장에서 상수도관 매설 후 굴착기를 이용한 되메우기 작업 중 굴착기 후방에서 작업 진행상황을 촬영하던 재해자가 후진하는 굴착기 우측 바퀴에 깔려 사망.

2021년 11월 8일, 9일 그리고 11일

경기 고양시의 한 아파트에서 승강기 검사를 하던 작업자가 추락해 숨지는 사고가 발생했다.[211]

대구 소재 건물 외벽조명 교체작업에서 A형 사다리를 일자형으로 펼쳐 조명 교체작업 중이던 재해자가 사다리에서 추락 사망.

사천시 소재 보수공사 현장에서 실리콘 코킹작업을 하던 재해자가 사다리에서 내려오던 중 추락 사망.

2021년 11월 12일

남양주시 소재 공사 현장에서 3층 창호 새시 고정작업 중이던 재해자가 창호 새시가 탈락되면서 8m 아래로 추락 사망.

경기도 광주시 소재 공사 현장에서 굴착면 하부에서 엘리베이션 확인 중이던 재해자가 토사가 붕괴되어 매몰 사망.

신안시 소재 전주 철거공사 현장에서 전주 철거를 위해 전주에 올라가 작업 준비 중이던 재해자가 노후화된 전주가 부러져 함께 바닥으로 떨어지면서 부러진 전주에 깔려서 사망.

서울특별시 소재 외벽 보수공사 현장에서 건물 외벽 도장 및 방수공사를 위해 건물 옥상에서 달비계를 타려던 재해자가 바닥으로 추락 사망.

화성시 소재 설비 철거공사 현장에서 건조설비 철거작업 중이던 재해자가 기울어진 건조설비 상부에서 추락 사망.

2021년 11월 13일, 14일 그리고 15일

경기도 김포시 가구공장의 지붕 위에서 방수 관련 작업을 하던 60대 노동자가 6m 아래로 추락해 숨졌다.[212]

보령시 소재 공사 현장에서 보수작업 중이던 재해자가 옹벽 하부 U형 측구 내 바닥에 의식이 없는 상태로 쓰러져 있는 것을 동료 작업자가 발견.

울릉도에서 해안 산책로 개설작업을 하던 인부가 절벽 아래로 추락해 숨지는 사고가 발생했다.[213]

2021년 11월 17일

충남 공주 이인면의 한 공장에서 재해자가 컨베이어 벨트에 끼여 형체를 알아볼 수 없을 정도로 숨진 채 발견. 기계가 작동하다가 잠깐 멈추고 다시 작동됐다. 그 순간에 피해자가 기계에 끼면서 사고가 일어난 것으로 파악되고 있다.[214]

2021년 11월 18일 그리고 19일

한 취객이 도로에 던진 경계석에 배달 오토바이 운전자가 걸려 넘어져 숨지는 일이 일어났습니다.[215]

김해 소재 공사 현장에서 에어컨 실외기 연결작업 중이던 재해자가 고소작업대에서 추락 사망.

전주 소재 공사 현장에서 콘크리트 타설작업 중이던 재해자가 파단된 펌프카 붐대에 맞아 사망.

부산 소재 외벽 보수공사 현장에서 외벽 도장작업을 위해 옥상 난간벽을 넘어가던 재해자가 지상으로 추락 사망.

완도 소재 승강기 점검작업을 하던 재해자가 승강기 피트 내 진입 중 승강기가 작동되어 깔려서 사망.

2021년 11월 21일 그리고 22일

진천 소재 지붕 설치공사 현장에서 칼라강판 설치 후 옥상으로 이동 중이던 재해자가 지상으로 추락 사망.

화성 소재 공사자재 운반작업에서 화물차 적재함을 들어올려 하부 잠금장치 확인 중이던 재해자가 적재함이 하강하여 끼여서 사망.

2021년 11월 24일

한국전력의 하청업체 노동자 38살 김다운 씨가 2만 2천 볼트 특고압 전류에 감전된 뒤 한동안 전봇대에 매달려 있다, 치료 끝에 숨졌습니다.[216]

경남 김해 한 육포제조 사업장에서 50대 노동자가 끼임 사고로 숨졌다.[217]

냉동탑차가 도로에 세워져 있던 트럭을 들이받는 사고가 일어났습니다. 이 사고의 여파로 도로에서 공사를 하던 3명이 목숨을 잃었습니다.[218]

서울 강남의 건물공사 현장에서 50대 작업자가 건물 3층 높이에서 추락해 숨졌다.[219]

부산의 한 건물에서 화물용 승강기가 추락해 1명이 숨지는 사고가 발생했습니다. 이 사고로 해당 건물에 입주해 있는 모 업체 직원인 30대 A씨가 승강기에 깔려 119구조대에 의해 병원으로 옮겨졌지만 숨졌습니다.[220]

2021년 11월 25일

상주 정수장 확장공사 현장에서 목재 파레트에 플랫타이 적재 후 크레인으로 인양 및 이동 중 파레트가 파손되면서 플랫타이가 쏟아져 하부 작업자가 맞아 사망.

2021년 11월 27일 그리고 28일

인천 소재 공장공사 현장, 철골 위에서 각파이프 설치작업 중이던 재해자가 추락하여 사망.

영동 소재 토목공사 현장에서 덤프트럭으로 토사를 내리기 위해 적재함 상승 중 덤프트럭이 보조석 쪽으로 넘어져 운전자 부상 및 치료 중 사망.

하남 소재 청소작업 현장에서 화단에 있는 쓰레기를 수거하기 위해 화단으로 진입하던 재해자가 화단 측면 4m 아래 주차장 진입통로로 추락 사망.

2021년 11월 30일

강릉 소재 지붕 철거작업 현장에서 건물 대부분이 화재로 인해 타서 내부기계설비를 밖으로 꺼내는 작업을 하던 재해자가 철거 중이던 컨베이어에 깔려서 사망.

보령 소재 상차작업 현장에서 선박용 닻을 화물차에 상차 중 카고크레인으로 들어 올린 닻 위치 조정을 하던 재해자가 바람에 흔들린 닻과 적재함에 사이에 끼여서 사망.

2021년 12월 1일

안양시 안양동 안양여고 인근 도로에서 전기통신관로 매설작업에 투입된 ㄱ씨(62) 등 노동자 3명이 롤러에 깔려 사망했다.[221]

경기 파주경찰서는 어제(1일) 오전 9시쯤 경기 파주시 파평면의 한 회사 3층짜리 건물 옥상에서 작업 중이던 60대 남성이 바닥으로 추락해 숨졌다고 밝혔습니다.[222]

지붕 빔 철골 설치 현장에서 크레인으로 빔 철골자재를 양중하던 재해자가 돌풍에 의해 회전한 자재에 부딪혀 추락하여 사망.

영암 브릿지 설치작업 현장에서 라싱브릿지 상부결합 용접작업을 하던 재해자가 강풍으로 인해 하부 용접 부분 파단되면서 추락 사망.

2021년 12월 2일, 3일 그리고 4일

아파트 8층에서 새시를 교체하던 노동자 2명이 추락해 숨졌습니다. 베란다 난간이 무너지면서 사고를 당한 건데 경찰은 안전장비를 제공하지 않은 시공업체에 대해 수사에 나섰습니다.[223]

파주 다세대 신축공사 현장에서 윈치가 작동되지 않아 최상부에 올라가 윈치 상태 확인 중이던 재해자가 바닥으로 추락 사망.

인제 울타리 설치 현장 내 지장이 되는 나무를 제거하기 위해 굴착기 버켓에 탑승하여 벌목작업 중이던 재해자가 벌도목이 넘어지면서 벌도목과 버켓 사이 끼여 사망.

화순 벌목 현장 내 장비를 이용하여 벌도목을 운반 중이던 재해자가 경사면에서 미끄러져 장비와 함께 약 30m 아래로 굴러 떨어져 사망.

2021년 12월 5일, 6일 그리고 7일

부산 방음벽 설치 현장 내 카고크레인에 케이지를 슬링벨트로 체결하여 방음벽 설치작업 중 슬링벨트가 카고크레인 후크부에서 빠지면서 케이지가 기울어져 작업 중이던 근로자가 추락 사망.

수원 장비운반 현장에서 탑차에 화물 상차작업 중이던 재해자가 탑차 내부의 장비가 움직여 위치를 다시 잡다가 기울어진 차 방향으로 장비가 쓰러져 함께 추락하여 사망.

용인 소재 거푸집 조립 현장에서 작업 중이던 재해자가 6m 아래로 떨어진 얼었다가 녹은 토사에 맞아 사망.

2021년 12월 9일

서울의 한 철도다리 보수작업이 벌어지는 공사 현장에서 60대 작업자가 콘크리트에 깔려 숨지는 참변이 벌어졌습니다. 시공사 측은 교량이 너무 오래돼 해당 일부가 무너진 것으로 추정했습니다.[224]

2021년 12월 10일

서울 강남구 대치동 GTX 터널공사 현장에서 50대 남성 A씨가 컨베이어 벨트에 끼이는 사고가 났습니다. 신고를 받고 출동한 119구조대가 심정지 상태였던 A씨를 인근 병원으로 옮겼지만 결국 숨졌습니다.[225]

포항시 남구 송도동 동빈내항 A화물선사 하역부두에서 B씨(36)가 5천 톤급 화물선에 실려온 1톤 트럭을 하역하는 작업 중 이 트럭에 깔리는 사고를 당했다. B씨는 출동한 119구급대에 의해 인근 병원으로 이송됐지만 끝내 숨졌다.[226]

강원 횡성군 우천면 상하가리 공장 신축공사장에서 40대 노동자 A씨가 20m 아래로 떨어졌다. 이 사고로 A씨가 크게 다쳐 병원으로 옮겨졌으나 숨졌다.[227]

2021년 12월 12일 그리고 13일

대전 덕암동에 있는 덕트제조 공장에서 불이 났습니다. 이 불로 공장 관계자 49살 A씨가 숨지고, 3,270만 원어치 재산피해가 났습니다.[228]

전남 여수시 주삼동 여수국가산업단지에 있는 석유정제 공장인 이일산업에서 폭발사고가 발생했습니다. 이 사고로 액체 화학물질 저장탱크에서 작업을 하던 노동자 7명 가운데 2명이 숨지고 1명이 실종됐습니다.(곧이어 실종자 1명 사망한 채 발견)[229]

도로에 떨어진 쓰레기를 줍던 환경미화원이 차에 치여 숨지는 사고가 발생했다.[230]

2021년 12월 14일

안산시 단원구 원시동의 한 의료기기 생산업체에서 ㄱ씨(29)가 피를 흘린 채 쓰러져 있는 것을 동료가 발견해 119에 신고했다. ㄱ씨는 병원으로 옮겨졌지만 숨졌다.[231]

경남 양산시 산막동 산막공단 한 무기화학제품 제조업체에서 탱크로리 차주 A씨(62)가 화학물질 증기를 들이마셔 의식을 잃고 쓰러졌다. A씨는 병원으로 옮겨졌으나 숨졌다.[232]

강원 속초 해상서 조업하던 선박에서 60대 선원이 바다에 추락해 숨졌다.[233]

2021년 12월 15일 그리고 16일

화성 소재 천막 설치공사에서 가설구조물 천막 설치작업 중이던 재해자가 7.7m 아래 바닥으로 추락 사망.

부산 소재 도로공사 현장에서 굴삭기로 경계석 운반 중이던 재해자가 굴삭기 전도로 깔려서 사망.

2021년 12월 17일

산청 소재 작업장에서 벌목작업 중이던 재해자가 넘어지는 나무에 깔려서 사망.

제주 소재 교통사고 차량을 렉카로 인양하는 작업에서 보조체인을 걸기 위해 차량 하부로 진입하던 재해자가 주 체인이 풀리면서 차량에 깔려서 사망.

화성 소재 공사 현장에서 옥외 주차장 철근배근 작업장소로 이동하던 중이던 재해자가 수평철근을 밟고 내려가던 중 추락하여 사망.

서울 초등학교 정문 현수막 보강작업 현장에서 정문 게이트 구조물 상부에서 현수막 고정작업을 하던 재해자가 약 2.5m 아래로 추락 사망.

2021년 12월 18일

경상남도 양산시 소재 물류센터 공장 내에서 트레일러가 운행 중에 이동통행로 측면에 놓여진 트레일러 새시(후미 부분)와 충돌하여 새시가 뒤로 밀리면서 1톤 트럭에 사이에 끼여서 사망.

경상북도 구미시 소재 건설폐기물 처리업 공장 내에서 폐콘크리트 1차 파쇄 후 섞여 있는 비닐 등을 선별작업, 컨베이어 끝 구동축의 이물질을 제거 중이던 재해자가 끼여서 사망.

강원도 원주시 소재 창고 수리공사 현장 내에서 창고 지붕의 천막을 덧씌우기 위해 천막 상부에 올라가 작업 중이던 재해자가 노후된 천막이 찢어지며 추락하여 사망.

2021년 12월 19일 그리고 20일

경기도 남양주시 소재 창호교체 현장 내에서 작업 종료를 확인하기 위해 공장 2층 작업 구간을 확인하던 재해자가 추락 사망.

인천시 계양구의 한 공사장에서 근로자 2명이 10m 아래 지상으로 추락했다. 이 사고로 A씨(50대)가 머리를 크게 다쳐 숨졌다. 같이 떨어진 B씨(50대)는 중상을 입고 병원에서 치료 중이다.[234]

2021년 12월 22일

강원 강릉시 옥계면 남양리 42번 국도 도로변에서 안전표지판을 설치하던 60대 A씨가 도로 옆 20m 아래로 떨어졌다. A씨는 50여 분 만에 구조돼 병원으로 옮겨졌으나 숨졌다.[235]

경기도 시흥시 소재 냉난방기 설치 현장 내에서 배관작업을 위해 차량탑재형 고소작업대에 탑승하여 건물 외벽 타공 위치로 이동하던 중 차량이 전도되면서 작업대에 탑승 중이던 작업자가 추락 사망.

강원도 강릉시 소재 도로공사 현장 내에서 도로 방향표지판 설치작업 중이던 재해자가 옹벽 아래 산비탈로 추락 사망.

경기도 의정부시 소재 골재채취 현장 내에서 신호수 일을 하던 재해자가 골재 생산을 위한 토사를 하차하고 이동 중인 덤프트럭에 치여 사망.

2021년 12월 23일

인천광역시 소재 호안 축조 공사 현장 내에서 호안 복합 매트 자재 정리 중이던 재해자가 상판 약 5m 높이에서 추락 사망.

2021년 12월 24일 그리고 25일

화성시 소재 제조공장에서 물탱크를 가로로 세워 상부에서 용접작업 중이던 재해자가 4.1m 아래로 추락 사망.

양평군 소재 공사 현장에서 2단으로 적치된 목재 더미의 고정 밴딩이 풀려 하부 목재 정리작업 중인 재해자가 깔려서 사망.

경기 이천시 호법면 물류창고 내 단차(높이 1m)가 있는 구역에서 작업 중인 지게차 전도로 운전하던 재해자가 깔려서 사망.

손수레를 끌며 밤길 쓰레기를 치우던 노동자가 덤프트럭에 치여 숨졌습니다. 운전자는 면허 취소 수준의 음주 상태였습니다.[236]

서울 소재 공사 현장에서 벽면 견출작업 중이던 재해자가 바닥의 정화조 개구부로 추락 사망.

2021년 12월 27일

인천광역시 소재 고무 및 플라스틱 제품 제조업 공장 내에서 블로우 성형기 측면 계단 3~4단 높이에서 작업 중이던 재해자가 감전되어 사망.

충청남도 아산시 소재 공장 신축공사 현장 내에서 공장 내부 천장 점검로(캣워크) 설치를 위해 고소작업대를 이용하여 점검로 위로 올라가 설치작업 시 필요한 자재를 운반 중이던 재해자가 추락 사망.

경기도 양주시 소재 광역철도 공사 현장 내에서 흙막이 가시설 설치 전 지장물 확인을 위한 1.85m 깊이 굴착작업을 진행하였고 굴착한 장소에 들어가 확인 중이던 재해자가 굴착면 붕괴로 인해 매몰되어 사망.

전라남도 장흥군 소재 축산 농가 내에서 축산 농가의 사료 배달 주문을 받고 해당 농가 축사에 배달하던 재해자가 사료를 내리기 위해 정차시켰던 화물 차량(3.5톤)이 후진하여 차량 후면부와 축사 철문 사이에 끼여서 사망.

2021년 12월 28일

서울 송파구의 한 주상복합 건물에서 건물관리 직원이 배관 점검 중 추락해 숨지는 사고가 발생했다.[237]

대전광역시 소재 주유소 신축공사 현장 내에서 고소작업대에 탑승하여 약 8m 높이의 철골구조물에서 용접 작업을 하려던 재해자들이 고소작업대가 전도되어 바닥으로 추락, 1명 사망, 1명 부상.

경기도 시흥시 소재 금속가공제품 제조업 공장 내에서 코일 거치대에서 재해자가 코일을 피더로 옮기기 위해 체인을 크레인 훅에 거는 과정에서 코일이 전도되면서 코일과 거치대 사이에 끼여 사망.

인천광역시 소재 공장 신축공사 현장 내 타설작업을 위해 슬라브 단부에서 콘크리트 펌프카 호스를 잡아당기던 재해자가 추락 사망.

2021년 12월 29일

대구광역시 소재 주택 보수공사 현장 내에서 지붕 물반이 설치작업을 위해 근로자 3명이 이동식 고소작업대에 탑승하여 상승하던 중 약 5m 높이의 고소작업대에서 추락 1명 사망.

함안 소재 공장신축 현장 내에서 지붕판넬 설치작업 중이던 재해자가 지상으로 추락, 병원으로 이송 후 치료 중 사망.

음성 소재 공사 현장 내에서 콘크리트 타설작업 중 벽체 거푸집 작업발판 상부에서 이음철근을 설치하던 재해자가 벽체 거푸집이 붕괴되며 콘크리트에 매몰되어 사망.

2021년 12월 31일

인천의 한 물류센터 신축공사 현장에서 60대 일용직 근로자가 콘크리트 구조물에 깔려 숨지는 사고가 발생했다.[238]

해설

사람이 해야 할 일을 한 권의 책이 대신할 수는 없겠지만

_양경언

사람이 살아서 해야만 하는 일을 한 권의 책이 대신할 수는 없다. 『2146, 529』는 누군가를 대신해 장례를 치르는 책이 아니다. 그럼에도 한 장 한 장 넘기기 쉽지 않은 이 책을 끝까지 읽은 이라면, 이 책을 읽은 사람으로서 그리고 이 책에서 마주한 사회의 한 구성원으로서, 예를 갖춰 '2146, 529'라는 숫자를 이루는 분들에게 직접 인사를 드리고 싶을 것이다. 무엇보다도 먼저,

삼가 고인의 명복을 빕니다.

* * *

'고인'을 처음에는 '고인들'이라고 썼다가 생각 끝에 '들'을 지웠다. 다수를 지칭하는 보조사 '들'이 행여 우리가 책을 통해 만난 분들의 고유한 삶을 흐리진 않을지, 그분들의 죽음을 단순히 통계를 내기 위한 자료의 수치로만 읽히게

하진 않을지, 조심하느라 그랬다. 물론 '들'을 포기하지 않고 그대로 둔다면 '우리 사회에는 일하다가 죽는 사람들이 어째서 이렇게 많은가'에 대한 생각을 견인할 수 있을 것이다. 그러나 오늘 우리가 만난 『2146, 529』는 '이렇게나 많은' '고인'이라는 말로도 다 적히지 않을 한 사람 한 사람의 생이 어엿하게 놓인 데로 독자를 안내하려는 마음에서 쓰이기 시작했다는 것을 새기기로 한다. 여기엔 많은 이들의 죽음을 무감하게 구경하도록 만들 일말의 가능성도 끌어들이지 않으려는 결기가 있다. 한 권의 책은 사람이 해야만 하는 일을 대신하지 못하더라도 사람이 살아서 해야 할 일을 더는 피하지 못하게 만든다.

황정은의 장편소설 『계속해보겠습니다』(창비 2014)에는 '소라'와 '나나'가 아버지 '금주'를 어떻게 잃었는지에 대한 얘기가 나온다. 이 얘기는 소라의 목소리로 다음과 같이 표현된다. "그는 나나와 내가 각각 아홉 살과 열 살일 때 죽었다. 공장에서 일하다가 거대한 톱니바퀴에 말려들었다. 상반신이 갈려 나왔으므로 공장에 남은 직원을 모아 점호를 해보고서야 사고를 당한 사람이 누구인지를 알 수 있었다고 한다."(11쪽)

금주의 죽음을 설명하는 문장들에는 너무 많은 말이 숨겨져 있다. 금주는 도대체 어떤 환경에서 일하고 있었나. 금주의 안전을 보장해주는 장치가 제대로 갖춰져 있기는 했나. 잘못 작동하기 시작한 톱니바퀴는 왜 바로 멈추지 않았나. 기계가 돌아가는데, 금주 곁에는 정말 아무도 없었나. 어째서 점호를 할 때까지 그 일이 금주에게 일어났다는 것을 그 누구도 모를 수 있나. 한 노동자의 죽음에 대해 자본을 가진 회사는 무슨 입장을 전했나.

분명하게 해명되어야 할 숨겨진 말들 곁에는 어린이 시절부터 어른이 될 때까지 줄곧, 금주에 대해 혹은 삶에 대해 '죽고 나면 그뿐'이라고 냉소하듯 말하는 세상과 상대하면서 살아갔을 소라와 나나도 있다. 말해져야 할 말, 다르게 해야 할 말이 있다는 생각은 소라와 나나가 자라는 내내 이들을 따라다녔을 것이다. 금주를 잃은 사실을 방치하려 드는 사회로부터, 금주와 연결된 사람들의 살고자 하는 의욕을 쉽게 꺾으려 드는 세상으로부터, 어떻게 계속해서 이 삶을 지켜나갈지 생각했을 것이다. 금주는 지금의 사회가 잃지 않을 수도 있었을 사람이므로. 해명되어야 할 것들이란 실은 사람이 일하는 현장이라면 당연히 준수되어야 할 상식적인 사항들에 해당했으므로.

소설은 노동자 한 사람의 죽음보다 공장의 기계가 멈추지 않는 걸 더 중요시하는 이들이 있는 세상에서 '죽고 나면 그뿐'이라는 말로 삶을 쉽게 갈무리하지 않으려는 소라와 나나의 태도에 집중한다. 금주의 죽음을 떠올리는 일은 금주의 삶뿐 아니라 소라와 나나의 삶에 대해서도 떠올리는 일이다. 건조한 표현으로 쓰여 있다 하더라도 살릴 수 있었을 사람을 죽음으로 내모는 사건이 버젓이 일어나는 사회에 대해 알리는 이야기는 이미 '그뿐'이라고 축약할 수 없는 많은 말을 하고 있다.

그러한 이야기가 어떤 이에게 어쩔 수 없이 일어난 단편적인 비극이 아니라는 사실을 우리는 『2146, 529』라는 한 권의 책을 통해 실감한다.

많은 말을 한다고 했거니와, 이 책이 전하는 정보는 '너무 많다'. 1월 3일부터 차곡차곡 이어지는 날짜 아래로 일하는 사람이 현장에서 목숨을 잃은 사건들이 보고된다. 사람을 귀하게 여기지 않는 사회의 일기가 이렇게 씌어지고 있었다. 이 기록은 일요일에도 멈추지 않는다. 모두가 쉬기로 약속한 날에도 안전장치 없이 일하는 사람이 있는 현장의 민낯을 노동자의 죽음이 가시화한다.

사건은 특정 시간대를 가리지 않고, 하물며 새벽이나 아침 시간에도 일어난다. 24시간 돌아가는 현장에서 노동자는 고강도의 밤샘 노동을 감당하다가, 한창 일에 몰두하다가, 홀로 막 마무리를 짓다가 위험에 처한다. 어느 페이지에 이르러서는 사건이 동시다발적으로 벌어진다고 느껴질 정도로 비슷한 시간대에 여러 지역에서 비슷한 문장으로 이

뤄진 기록 역시 확인된다. 유사한 지역에서 유사한 내용으로 이어지는 기록으로 인해 '같은 사람에 대한 다른 말인가?' 싶다가 이내 그것이 아니라 모두가 다른 사람임을 깨닫는 페이지도 있다.

다 다른 사람이 맞는가 싶을 정도로 책을 이루는 문장에서 자주 발견되는 표현이 있다. "끼여" "깔려" "떨어져" "추락해" "맞아" "부딪쳐" 죽었다는 말. 이런 말은 이름난 기업이 화려하게 빛을 내뿜기 위해 쌓아 올리는 고층건물이나 한국사회가 신화처럼 여기는 생활의 근거지인 신축 아파트가 지어지는 현장에서, 또는 최대 이윤을 내기 위해 종일 돌아가는 작업장에서도 쓰이고, 사람들을 지키기 위한 용도로 마련되는 '옹벽'이나 '지붕', '방음벽'이 무너지는 자리에서도 쓰인다. "또 죽었다" "또 숨진 채" "또 발생했습니다" "또 한 명의 노동자가 작업 중 숨졌습니다"와 같이 "또"라는 말과 더불어 나타나는 때도 부지기수다.

노동자의 죽음을 알리는 문장으로 같은 표현이 반복적으로 등장한다는 건 무엇을 의미할까. 반복은 사건들이 서로 무관하지 않음을 상기시킨다. 달리 말해 반복을 만드는 공통된 요인이 있다는 얘기, 혹은 그것을 철저하게 살폈다면 반복되는 이 일들은 얼마든지 방지될 수 있었다는 얘기다. 여태 변하지 않은 세상을 향해 이제는 바뀌어야 한다고, 노동자를 죽음으로 몰아가는 일을 제발 그만두라고 절박하게 요구하면서 '2146, 529'라는 숫자의 정치성은 발현된다.

반복적으로 일어나는 노동자의 죽음을 마치 누구나 겪을 수 있는 죽음으로 '자연화'하려는 이들은 사건을 "단순 교통사고로 보고" "개인사로 몰아"간다거나 "조치를 취하지 않"으면서 책임지지 않으려는 모습을 보인다. 그러는 사이 "안전난간도 설치되지 않"고, "안전모와 안전 고리도 없"이, "안전 관리자와 수신호 담당자가 있어야 하지만 해당 현장에는 배정돼 있지 않"는 현장의 상황은 변함없이 그대로 이어져 그곳에서 일하는 사람이라면 누구에게나 닥칠 수 있는 사건이 되어버린다. 이 책이 전하는 '너무 많은' 정보는, 그러므로 아직 말해져야 할 것이 '더 많다'는 얘기로 읽힌다. "현장실습계획서"에 쓰였던 바와는 다르게 전개된 작업장에선 실제로 어떤 위험이 있었을까. 그날 그이는 어떤 마음으로 출근했을까. "발견될 때까지 방치돼 있었던 것으로 추정"되었거나 사망한 채로 발견되었다는 이들, "고립됐다"는 이들은 혼자서 어떤 시간을 견뎠을까. 얼마나… 무서웠을까. 그이들이 일했던 현장은 어떻게 되었을까. 바뀌었을까. "협력업체" 소속의 노동자에게 일어난 일일 뿐이라며 여전히 방치되어 있을까. 그이들의 죽음은 많은 이들의 삶 속에서 어떻게 기억될까. 이마저도 우리가 알아야 하는 것의 전부는 아니다. 우리가 무엇을 해야 하고 할 수 있는지에 대한 고민을 추동하는 질문의 전부 역시 아닐 것이다.

『2146, 529』는 '2146, 529'라는 숫자에 매겨진 죽음의 의미를 아무것도 아니라고 치부하는 사회를 상대하면서 그런 사회에선 삶 역시 함부로 여겨질 거란 엄중한 메시지를 타진한다. 사람이 해야만 하는 일을 한 권의 책이 대신할 수는 없지만, 책은 그 일을 잊지 않게 그리고 그 일의 가치를 더는 잃어버리지 않게 만든다.

이 책을 이루는 건조한 문장을 읽을 때마다 슬픔을 느끼는 이가 있다면 그것은 그이의 감성이 특별히 풍부해서가 아니다. 그보다는 '2146, 529'라는 숫자에 담긴 한국의 노동 현실과 일하는 사람들의 삶이 자신과 무관하지 않다는 사실을 체감하는 경로에 그이가 들어섰기 때문일 것이다. 슬퍼하면서도 우리는 '2146, 529'라는 숫자에 담긴 일들이 사회적 기억에서 지워지지 않도록 이 책에 보관하기로 한다. 숫자로 가려진 숱한 이야기들이 있다는 사실을 이곳에 두기로 한다. 애도는 절망보다 희망과 나란히 있으려는 관성을 따른다. 일하는 사람이 더는 죽지 않으려면 무엇이 필요할까에 대해 집요하게 생각하기 시작하면서 그것을 배운다.

양경언 / 문학평론가. 2011년 『현대문학』에 평론 「참된 치욕의 서사 혹은 거짓된 영광의 시—김민정론」을 발표하며 비평활동을 시작했다. 2014년 9월부터 현재까지 세월호 참사를 기억하기 위한 '304낭독회'에 일꾼으로 참여하고 있다. 『안녕을 묻는 방식』 등을 썼다.

해설

산재사고 전후의 장면들 속에서

_박희정

이 책에 실린 문장들은 대부분 신문과 방송의 단신(短信)에서 왔다. 육하원칙에 따른 간결하고 건조한 글들은 모두 누군가의 죽음을 알린다. 그렇다면 이것은 부고(訃告)인가?

부고는 상례(喪禮)의 첫발이다. 특정한 누군가의 죽음을 알리면서 그를 아는 이들을 애도와 추모의 장에 초대한다. 그렇기에 부고는 죽은 이의 삶을 조금이라도 아는 사람들을 향한다. 이름과 극히 짧은 소개를 적는 정도로도 부고를 받아 든 이들은 이 죽음의 무게를 느낀다. 당신은 어떠했는가? 이 단신들이 전한 죽음은 얼마나 무겁거나 가벼웠는가?

몇 번을 되풀이해 읽어도 우리는 이 죽음의 주체를 알 수 없다. 숨통을 끊은 물리적 힘은 알 수 있으나 그것이 한 존재를 지운 진짜 이유인지도 확신할 수 없다. 알 수 있는 건 이 죽음의 느닷없음뿐. 여기 그 누구도 사랑하는 이들과 작별인사를 나누지 못했다.

인류학자 김현경이 『사람, 장소, 환대』에서 통찰했듯, 우리는 사람들 속에서 사람으로 인정받을 때 사람으로 살 수 있다. 사람들의 이야기를 기록하는 나는 그 말을 이렇게 바꿔보고 싶다. 우리는 이야기를 가질 때 사람이 된다. 사람의 세계는 이야기로 이루어지기 때문이다. 우리가 누군가를 안다는 건 그의 이야기를 안다는 것과 같다.

단신으로 연결된 우리는 죽은 이들의 이야기를 알지 못한다. 그들의 죽음은 한 세계의 파열에 대한 총체적 인식이 아니라 '통각'으로 인식된다. 아찔한 19층 아래로 떨어져 부서지는, 육중한 유압 프레스기에 짓눌리는, 날카로운 이를 가진 파쇄기에 찢겨나가는, 고압 전류나 화기에 타버리는 몸의, 고통. 그의 얼굴을 모르더라도 우리는 즉각적으로 그 고통을 상상하며 몸을 떤다. 그의 몸과 우리의 몸이 다르지 않아서다. 그러나 이 통증은 곧 무뎌지고 만다. 무뎌질 수 없는 통증이라면 느끼는 이를 기절시키거나 죽게 할 것이므로.

아무리 건조한 '사실'로만 이루어진 기사일지라도 관점이 담긴다. 무엇을 전해야 할 가치로 삼는가를 판단하지 않는다면 뉴스는 만들어지지 않는다. 애초에 이 글들은 부고로 작성되지 않았다. 그저 평범한 일상에서 쑥 불거져 나온 사고(事故)를 알린다. '자연적이지 않은 죽음'에 주목했지만 이 죽음의 사회적 의미가 무엇인가는 탐구하지 않는다. 이 죽음들은 딱 그만큼의 사회적 무게가 있다고 판별된다. 비일

상성과 참혹함만이 담기고, 그렇기에 눈에 띄며, 그렇기에 빨리 잊힌다.

죽음을 말하는데 삶이 없다. 누군가의 죽음이 이렇게 다루어진다는 건, 우리 사회가 그 누군가의 삶을 이렇게 다루고 있다는 말과 같은 게 아닌가. 어떤 이는 매일 스쳐가는 단신 속의 그 텅 빈 곳에 눈길을 던진다. 이 글이 부고가 되지 않음에서 이 세계의 부정의를 인식한다. 그리하여 죽음의 단신들을 '잇는다'. 이 죽음들을 이을 때, 삶이 텅 빈 자리는 더욱 견딜 수 없어진다. 문장들 사이 침묵한 삶이 하나둘씩 소리로 바뀌고 마침내 수백의 아우성이 된다. 얼굴 없는 목소리들이 외친다.

"이것은 부고다!"

"왜 나의 죽음은 애도되지 못하는가!"

* * *

애도 혹은 애도 이후란 무엇인가에 대한 논의는 하나로 수렴되지 않는다. 그러나 수많은 재난과 사회적 참사를 겪으며 적어도 우리는 애도가 그저 죽은 이를 우리의 삶에서 치워버리는 것이 아님을 알게 되었다. 커다란 상실 이후에도 남은 생을 잘 살아가기 위해, 지금 이곳에 육신을 둘 수 없는 그와의 관계를 새롭게 만들어가야만 한다.

그러니 이 글을 부고로 읽고자 한다면, 우리는 죽은 이가 누구인지 찾아 나서야 한다. 이야기로 이루어진 이 세계에서 그가 마땅히 가져야 할 시민권을 보장해야 한다. 그가 얼마나 죽기에 아까운 사람이었는가 한탄하고자 함이 아니다. 우리는 삶의 가치를 판별하고 줄 세우는 힘이 어떤 이들의 삶과 죽음을 가르고 죽음조차도 가치 없는 것으로 만든다는 사실을 종종 잊는다.

죽은 이를 찾아 나서야 하는 이유는 깊이 슬퍼하기 위해서다. 애도란 깊은 슬픔에서 출발한다. 오롯이 슬퍼하기 위해 알아야 한다. 그가 왜 죽었는가. 그를 사랑하는 사람들이, 우리가, 잃은 것은 무엇인가. 그의 죽음으로 세계의 어디쯤이, 어떻게 부서졌는가.

여기 모든 이들은 일터에서 죽었다. 그러나 그 누구도 죽으려고 일하지 않았다. 2016년 5월 28일 구의역에서 스크린도어를 수리하다 전동차에 치여 사망한 19세 '김 군'과 2018년 12월 11일 충남 태안화력발전소에서 컨베이어 벨트를 점검하다 끼여 사망한 24세 김용균 씨는 모두 컵라면을 유품으로 남겼다. 잠깐의 휴식조차 쉬이 허락하지 않은 잔인한 일터에서도 그들은 어떻게든 주린 배를 채우며 내일을 기대했다. 이 책에 실린 부고의 주인공들은 마지막으로 무엇을 먹었을까. 고된 일을 마치고 난 뒤 누구를 만나기로 되어 있었을까.

허물없이 웃고 투닥대고 떠들던 친구가, 오랫동안 삶을 나눈 가족이 그의 곁에 있었다. 그러므로 사망자가 있으면 언제나 부상자들이 있다. 한 세계가 사라지면 영혼을 다친 이들의 연쇄가 생겨난다. 그들은 눈길이 닿는 모든 곳에서 죽은 이를 만난다. 마음이 머무는 모든 곳에서 죽은 이를 느낀다. 해명되지 않은 채로, 혹은 억울하게 죽은 이를 곁에 둔 채로는 슬픔은 결코 흐르지 못한다. 고인 슬픔은 우울과 절망의 늪이 된다.

단신들은 죽음의 진짜 이유를 말하지 않는다. 그러나 우리는 아무것도 모른다고 말할 수 없다. 단신 너머, 수많은 이들이 증언해온 진실이 이미 세상에 울려 퍼지고 있다. 우리는 어느덧 '위험의 외주화'라는 말에 익숙해졌다. 이 말은 여기에 적힌 부고의 주인들이 대체로 노동자의 권리를 충분히 보장받지 못하는 열악한 위치의 노동자임을 알려준다. 원청과 하청으로 나뉜 노동시장의 이중구조 속에서 "하청노동자"로, 때로는 "하청의 하청의 하청노동자"로 자신을 소개하는 사람들. 가장 바쁘고 가장 고되게 일하지만, 필요 없을 때 가장 먼저 잘리는 사람들. 안전장비도 제대로 갖추지 못하고 공기에 쫓겨 무리하게 일해도, 현장을 바꿀 권한과 힘은 주어지지 않는 사람들.

원청은 그 모든 것을 알고 있어도 노동자가 다치거나 죽어나갈 때 아무런 책임을 지지 않아도 되었다. 책임은 하청에 떠넘기고, 간혹 산업안전보건법 위반으로 과태료 정도 물면 되었다. 그나마도 벌어들이는 돈에 비해서 새 발의 피도 안 될 돈이었다. 안전보건 관리자만 책임을 지면 되는 현실에서 하청업체 또한 이윤 극대화에만 골몰했다. 청년노동자 김용균 씨의 죽음 이후 석탄화력발전소를 대상으로 실시한 특별조사는 하도급업체가 하청노동자들의 임금을 절반이나 착복하고 있음을 밝혀냈다. 고 김용균은 어두운 발전소 안에서 랜턴조차 없이 휴대폰 불빛에 의존해 홀로 일했다.

* * *

2022년은 중대재해처벌법이 시행되는 첫해다. 일터에서 죽어간 노동자의 가족들과 동료 시민들이 지난겨울 곡기를 끊어가며 간절한 마음을 모아 만든 법이다. 이 법은 '위험의 외주화'를 막는 데 핵심이 있다. 중대재해 발생 시 안전·보건 조치 시행의무를 다하지 않은 하청업체뿐만 아니라 원청업체의 사업주나 경영 책임자도 처벌할 수 있게 했다.

그런데 재계의 반발에 눈치를 본 국회는 이 법의 힘을 슬쩍 빼 통과시켰다. 50인 미만 사업장에는 법 적용을 3년이나 유예하고, 5인 미만 사업장은 적용 대상에서 아예 제외했다. 그러니까 적어도 3년간은 전체 사업장 열 곳 중 아홉

곳에서 중대재해처벌법은 없는 거나 마찬가지다. 사업주나 경영 책임자에게 부과되는 벌금의 하한선도 없애 '누더기'가 되었다는 비아냥을 들으며 통과된 법을 두고도 한국경영자총협회는 비명을 질러댄다. "우리나라의 산업 수준과 구조로는 감당해낼 수 없는 세계 최고 수준의 노동·안전·환경 규제"라는 게 그들의 주장이다. "아무리 준비해도 불행한 사고는 일어날 수 있는데, 어디까지 어떻게 준비를 해야 하는지가 불분명하다"라며 억울해한다.

당장이라도 숨이 넘어갈 듯 하얗게 질린 말들은 끝없는 죽음의 행렬에서 사람들의 눈길을 거두어 허공으로 향하게 한다. '불행한 사고를 완벽히 막을 수 있는가'라는 텅 빈 문장을 헤치며 삶의 진실을 찾을 수 있다고 착각하게 만든다. 그러나 경총의 말은 전제부터 사실이라고 말하기 민망하다. 인구가 5천만 명 이상이면서 1인당 국민소득이 3만 달러를 넘는 부자 나라가 전 세계에 몇 개나 될까. 단 7곳뿐이다.* 미국, 영국, 프랑스, 독일, 이탈리아, 일본 그리고 한국. 왜 안전에서는 "K-"를 찾지 않는가.

한국은 이 나라들 중 산업재해 발생 후 1년 이내에 사망한 노동자의 숫자가 가장 많은 나라다. 출근한 뒤 차가운 몸으로 돌아온 가족을 안아 든 이들의 말문을 막는 건 상실의

* 「국민소득 3만달러 시대… '삶의 질 선진국'은 먼 길」, 한겨레, 2019.3.6.

충격만큼이나 큰 허탈감이다. 이 죽음들을 막는 일에는 큰 비용도, 대단한 기술도, 혼신의 노력도 필요하지 않았다.

새해 벽두부터 들려온 죽음의 소식에서도 이러한 현실을 재확인한다. 한국전력 하청업체 직원 38세 김다운 씨는 지난해 11월 5일 2만 2천 볼트의 고압 전류가 흐르는 전봇대에서 일하다 감전돼 중화상을 입었다. 중환자실에서 사투하다 24일 사망했으나 올해 1월에야 세상에 알려졌다. 원청업체인 한국전력이 사고에 대한 책임을 부정했고, 고인의 가족들이 고인의 억울함을 풀기 위해 싸움에 나섰기 때문이다.

고인은 사고 당시 새로 지은 건물에 전기를 연결하는 작업을 하던 중이었다. 전기작업 전에는 위험 요인을 파악하고 점검 사항을 확인할 작업계획서를 작성해야 하나 이는 작성되지 않았다. 하청업체는 작업을 지켜봐줄 지상 감시자 없이 김다운 씨 홀로 일하게 했다. 감전을 막아주는 설비가 된 고소작업 차량도 주지 않아 전봇대에 맨몸으로 올랐다. 절연장갑조차 끼지 못한 채였다.

고용노동부 성남지청은 한전과 하청업체의 산업안전보건법 위반 사항을 여러 건 적발하고 총 과태료 3,480만 원을 부과했다. 하청업체는 고작 한 달간의 작업중지 처분을 받았다. 위험을 외주화하면서 한전이 2013년부터 2017년까지 감면받은 산재보험료만 262억 원에 달한다. 최근 5년간 한

전에서는 32명의 사망자를 포함해 333명의 사상자가 발생했다. 열에 아홉이 김다운 씨와 같은 하청업체 직원이다.

아무리 준비해도 불행한 사고는 일어날 수 있다. 그러나 이 말은 만반의 준비를 해본 뒤에나 할 수 있는 말이다. 하청노동자들의 현실은 재계와 완전히 다른 말을 한다. 이 사고들은 조장되거나 방조된 채 일어난다. 이러한 세계에서는 열심히 일하는 노동자일수록 위험과 가까워진다. 한전 관계자는 김다운 씨의 유가족에게 이 사고가 고인이 업무를 잘 처리하고자 의욕을 앞세워 일어난 문제라고 이야기했다. 일터에서 죽어간 수많은 노동자의 가족들이 회사로부터 처음 듣는 말은 대개 이런 식이다.

* * *

죽은 이의 혼이 구천을 떠돌 것이라는 두려움에 사로잡혀서는 그를 온전히 애도할 수 없다. 우리는 죽은 이들에게 떳떳해져야 한다. 애도는 깊은 슬픔에서 출발해 끝없는 대화로 이어져야 한다. 그들의 죽음과 삶에 관해, 이곳에 아직 육신을 지닌 우리의 삶과 죽음에 관해. 우리가 다시 쓰는 그의 이야기는 기실, 그와 우리의 이야기다.

방송제작 현장의 비인간적 노동환경에 저항하다 세상을 등진 고 이한빛 피디의 어머니 김혜영 씨는 아들에게 닥친 죽음의 진상을 밝히기 위해 싸운 이유에 대해 이렇게 말한다. "나는 한빛을 적당히 사랑하지 않았다."(『네가 여기에 빛을 몰고 왔다』, 후마니타스 2021) 그는 늘 한빛과 대화하며 이 세계를 조금씩 허물어 새로 짓는 일에 몰두한다. 얼굴 없는 죽음들에 대한 애도는 이 세계를 적당히 사랑하지 않는 사람들의 실천이다. 그 실천을 통해 우리는 '사람'으로 살아가고, 이 세계를 조금 덜 슬픈 곳으로 바꿔갈 수 있다.

박희정 / 인권기록활동가. 스무 살에 페미니즘과 만나 삶이 바뀌었다. 삼십 대에는 여성주의 언론에서 활동했고 마흔이 가까워질 무렵 구술기록의 세계에 접속했다. 누군가를 위하는 일인 줄 알았던 이 활동이 실은 내게 가장 이로운 일임을 깨달은 뒤 놓을 수 없게 됐다. 『나, 조선소 노동자』 등을 함께 썼다.

출처

1 한겨레 2021.1.3.
2 MBC 2021.1.6.
3 YTN 2021.1.7.
4 시사주간 2021.1.12.
5 노동자연대 2021.1.14.
6 KBS 2021.1.8.
7 한겨레 2021.1.10.
8 광주MBC 2021.1.11.
9 한겨레 2021.1.13.
10 윤상문 MBC 2021.1.14.
11 김종호 YTN 2021.1.12.
12 폴리스TV 2021.1.13.
13 강원도민일보 2021.1.15.
14 에너지경제신문 2021.1.15.
15 연합뉴스 2021.1.17.
16 경향신문 2021.1.24.
17 연합뉴스 2021.1.23.
18 경인일보 2021.1.25.
19 투데이코리아 2021.1.25.
20 전국공공연구노동조합 2021.1.29.
21 YTN 2021.1.29.
22 뉴스1 2021.1.29.
23 한국일보 2021.2.8.
24 뉴시스 2021.2.2.
25 한겨레 2021.2.5.
26 연합뉴스 2021.2.5.
27 연합뉴스 2021.2.5.
28 라이센스뉴스 2021.2.8.
29 세이프타임즈 2021.2.9.
30 연합뉴스 2021.2.14.
31 연합뉴스 2021.2.17.
32 문화일보 2021.2.19.
33 매일신문 2021.2.21.
34 뉴스1 2021.2.23.
35 한국일보 2021.2.23.
36 경북매일 2021.2.24.
37 한국경제 2021.2.24.
38 KBS 2021.2.27.
39 뉴시스 2021.2.27.
40 뉴시스 2021.3.1.
41 뉴시스 2021.3.2.
42 노컷뉴스 2021.3.6.
43 일요신문 2021.3.8.
44 경향신문 2021.3.7.
45 뉴스핌 2021.3.10.
46 오마이뉴스 2021.3.11.
47 한겨레 2021.3.8.
48 스트레이트뉴스 2021.3.10.
49 연합뉴스TV 2021.3.10.
50 프레시안 2021.3.22.
51 충청뉴스라인 2021.3.11.
52 오마이뉴스 2021.3.12.

53 한국경제 2021.3.12.
54 경향신문 2021.3.15.
55 프레시안 2021.3.16.
56 뉴스1 2021.3.17.
57 연합뉴스 2021.3.17.
58 연합뉴스 2021.3.19.
59 YTN 2021.3.19.
60 연합뉴스 2021.3.22.
61 충청투데이 2021.3.21.
62 한국일보 2021.3.27.
63 연합뉴스 2021.3.29.
64 경기매일 2021.3.31.
65 뉴시스 2021.4.4.8
66 연합뉴스 2021.4.6.
67 매일신문 2021.4.7.
68 뉴스1 2021.4.7.
69 연합뉴스 2021.4.7.
70 뉴스핌 2021.4.9
71 연합뉴스 2021.4.9.
72 연합뉴스 2021.4.9.
73 뉴스1 2021.4.11.
74 연합뉴스 221.4.13.
75 MBC뉴스 2021.4.15.
76 연합뉴스 2021.4.15.
77 경향신문 2021.5.28.
78 뉴스워커 2021.4.20.
79 연합뉴스 2021.4.19.
80 일요주간 2021.4.20.
81 연합뉴스 2021.4.19.
82 뉴스핌 2021.4.22.
83 기호일보 2021.4.23.
84 경기매일 2021.4.25.
85 매일노동뉴스 2021.4.26.
86 이데일리 2021.4.25.
87 중부매일 2021.4.26.
88 연합뉴스 2021.4.30.
89 연합뉴스 2021.4.30.
90 연합뉴스 2021.5.1.
91 연합뉴스 2021.5.8.
92 YTN 2021.5.9.
93 연합뉴스 2021.5.12.
94 영남일보 2021.5.13.
95 YTN 2021.5.16.
96 한겨레 2021.5.19.
97 오마이뉴스 2021.5.20.
98 프레시안 2021.5.20.
99 뉴스1 2021.5.22.
100 아시아경제 2021.5.23.
101 뉴스1 2021.5.25.
102 조선일보 2021.5.24.
103 뉴스1 2021.5.24.
104 민중의소리 2021.5.26.
105 MBC뉴스 2021.5.28.
106 MBC뉴스 2021.5.30.
107 강원도민일보 2021.5.31.
108 연합뉴스 2021.5.30.
109 연합뉴스 2021.5.31.
110 영남일보 2021.6.2.
111 연합뉴스TV 2021.6.5.
112 한겨레 2021.6.3.
113 경인일보 2021.6.4.
114 연합뉴스 2021.6.5.

115 연합뉴스 2021.6.7.
116 한국일보 2021.6.7.
117 뉴스1 2021.6.8.
118 매일신문 2021.6.9.
119 강원영동CBS 2021.6.9.
120 내외경제TV 2021.6.11.
121 경향신문 2021.6.14.
122 연합뉴스 2021.6.14.
123 강원도민일보 2021.6.15.
124 경향신문 2021.6.16.
125 뉴스핌 2021.6.16.
126 연합뉴스 2021.6.16.
127 연합뉴스 2021.6.16.
128 연합뉴스TV 2021.6.17.
129 연합뉴스TV 2021.6.18.
130 연합뉴스 2021.6.19.
131 YTN 2021.6.22.
132 전북도민일보 2021.6.21.
133 뉴시스 2021.6.22.
134 신아일보 2021.6.25.
135 연합뉴스 2021.7.7.
136 아시아경제, 2021.6.27.
137 연합뉴스 2021.6.28.
138 MBC뉴스 2021.6.30.
139 KBS 2021.7.2.
140 MBC 2021.7.5.
141 연합뉴스 2021.7.6.
142 연합뉴스 2021.7.6.
143 연합뉴스 2021.7.8.
144 뉴스핌 2021.7.9.
145 연합뉴스 2021.7.9.
146 뉴스1 2021.7.9.
147 연합뉴스 2021.7.10.
148 경향신문 2021.7.11.
149 JTBC 2021.7.13.
150 경향신문 2021.7.13.
151 뉴시스 2021.7.13.
152 경향신문 2021.7.14.
153 연합뉴스 2021.7.20.
154 경남일보 2021.7.18.
155 경남일보 2021.7.18.
156 경향신문 2021.7.28.
157 MBC 2021.7.24.
158 연합뉴스 2021.7.26.
159 한겨레 2021.7.26.
160 연합뉴스 2021.7.26.
161 인천투데이 2021.7.28.
162 연합뉴스 2021.7.28.
163 연합뉴스 2021.7.30.
164 대구CBS 2021.8.3.
165 뉴스1 2021.8.4.
166 KBS 2021.8.5.
167 뉴시스 2021.8.5.
168 포쓰저널 2021.8.4.
169 서울신문 2021.8.6.
170 남도방송 2021.8.11.
171 뉴스핌 2021.8.15.
172 연합뉴스 2021.8.17.
173 연합뉴스 2021.8.20.
174 연합뉴스 2021.8.20.
175 투데이신문 2021.8.21.
176 경향신문 2021.08.27.

177 경북일보 2021.9.6.
178 연합뉴스 2021.9.8.
179 연합뉴스 2021.9.8.
180 JTBC 2021.9.9.
181 매일노동뉴스 2021.9.10.
182 오마이뉴스 2021.9.9.
183 KBS 2021.9.10.
184 강원도민일보 2021.9.14.
185 연합뉴스 2021.9.14.
186 연합뉴스 2021.9.15.
187 서울신문 2021.9.16.
188 YTN 2021.9.18.
189 연합뉴스 2021.9.26.
190 연합뉴스 2021.9.27.
191 한겨레 2021.9.29.
192 MBC 2021.10.1.
193 연합뉴스 2021.10.5.
194 KBS 2021.10.5.
195 경향신문 2021.10.7.
196 한국일보 2021.10.7.
197 매일경제 2021.10.9.
198 한국일보 2021.10.12.
199 연합뉴스 2021.10.14.
200 연합뉴스 2021.10.18.
201 경향신문 2021.10.19.
202 연합뉴스 2021.10.21.
203 YTN 2021.10.22.
204 YTN 2021.10.23.
205 KBS 2021.10.26.
206 연합뉴스 2021.10.27.
207 오마이뉴스 2021.10.27.
208 연합뉴스 2021.11.1.
209 연합뉴스 2021.11.2.
210 파이낸셜뉴스 2021.11.4.
211 연합뉴스 2021.11.9.
212 한겨레 2021.11.15.
213 문화일보 2021.11.16.
214 충청뉴스 2021.11.17.
215 JTBC 2021.11.17.
216 MBC 2022.1.3.
217 연합뉴스 2021.11.24.
218 KBS 2021.11.24.
219 연합뉴스 2021.11.24.
220 연합뉴스 2021.11.24.
221 한겨레 2021.12.1.
222 SBS뉴스 2021.12.2.
223 YTN 2021.12.2.
224 TV조선 2021.12.9.
225 MBC 2021.12.10.
226 매일신문 2021.12.10.
227 연합뉴스 2021.12.10.
228 YTN 2021.12.12.
229 MBC 2021.12.13.
230 경향신문 2021.12.14.
231 한겨레 2021.12.14.
232 연합뉴스 2021.12.15.
233 뉴스1 2021.12.15.
234 뉴스1 2021.12.20.
235 연합뉴스 2021.12.22.
236 JTBC 2021.12.27.
237 한겨레 2021.12.28.
238 한국일보 2022.1.1.

2146, 529

아무도 기억하지 않는, 노동자의 죽음

초판 1쇄 발행 2022년 1월 27일
초판 5쇄 발행 2022년 12월 30일

기획 노동건강연대
정리 이현
펴낸이 박대우
펴낸곳 온다프레스
등록 제434-2017-000001호(2017년 10월 20일)
주소 24756 강원도 고성군 토성면 아야진길 50-3
전화 070-4067-8645
팩스 050-7331-2145
메일 onda.ayajin@gmail.com
인스타그램 @onda_press

제작 제이오
인쇄 (주)민언프린텍
제책 다온바인텍
물류 해피데이

ISBN 979-11-972372-8-7 03810